MARIO ALONSO

Cuando el silencio miente

ALMUZARA

Primera edición en Almuzara: octubre de 2019

Editorial Almuzara • Novela

Director editorial: Antonio E. Cuesta López
Editora: Ángeles López
Diseño y maquetación: Joaquín Treviño
www.editorialalmuzara.com
pedidos@almuzaralibros.com - info@almuzaralibros.com

Imprime: Gráficas La Paz

ISBN: 978-84-17954-68-0
Depósito Legal: CO-1224-2019
Hecho e impreso en España - *Made and printed in Spain*

A Jaime y Mar

Para averiguar la verdad, es necesario, una vez en la vida, dudar de todas las cosas tanto como sea posible.

René Descartes

De nadie estamos más lejos que de nosotros mismos.

Friedrich Nietzsche

Índice

Encuentro

El mismo felpudo, pensó mientras se restregaba para entrar en el cortijo. Durante el viaje desde Madrid su mente se había transportado al pasado. A aquellos años de la infancia en los que las escopetas de perdigones, los baños en la alberca, recoger los huevos recién puestos, la matanza o dar de comer a los animales eran momentos de felicidad plena, perfecta, que ya nunca habían vuelto. En el chamizo que hacía de garaje solo estaba el viejo *pickup* —pensó que era increíble que aún funcionase—, y un BMW, seguramente el coche nuevo de alguno de sus hermanos. Todavía estoy a tiempo de arrepentirme, creo que todo esto va a ser un gran error...: le asaltó de nuevo el pensamiento que le ocupaba desde que recibió la llamada de Guadalupe: «Venga, Martín, es una oportunidad para recuperar a la familia. Ya son muchos años. Te lo pido por favor, tenemos que estar todos». Solo dijo que se lo pensaría, y que no insistiera más. Que quizás aparecería, pero que si no, apoyaría cualquier cosa que decidieran. Cuando solo quedaban unos segundos para abrir la puerta, sus dudas no se habían disipado.

—Hombre, Martín, no estaba nada convencido de que asistieras a la «cumbre».

Aquella voz a su espalda le confirmó que ahora ya sí que no había marcha atrás.

—Hola, Salva, ¿qué tal estás? —le tendió una mano. De esas de tipo profesional. De las que daba todos los días en Stuttgart.

—Serás soso... Dame un abrazo, hermano, coño, que hace mucho tiempo que no nos vemos, cabrón. Te estás quedando calvito —le dio una colleja un poco exagerada—. Te pareces cada vez más a papá.

Martín sonrió con pocas ganas, y le abrazó sin fuerza, de cumplido.

—Anda, vamos para dentro que hace un frío del carajo. Pasa, pasa, alemanito, que has cogido ademanes del norte.

—¿Ha llegado ya alguien más?

—No, eres el primero. Claro; viernes 23 de noviembre a las once. Y tú, ¿a qué hora llegas? Pues a las once cero cero. Llevas demasiado tiempo allí.

—Me parece que la puntualidad es una virtud y no un defecto.

—Que sí, hombre, que estoy de coña. ¿Quieres un café?

Martín echó un vistazo rápido al salón. Todo exactamente igual que lo recordaba. El perchero, que en Extremadura llaman *burro*. Los aparadores desvencijados, las lámparas de hierro fundido. Los cuadros. El de Covarsí, en el que un cazador desciende orgulloso de la montaña con un venado a lomos de una mula. La dehesa en primavera, que pintó Julio en su juventud. Las láminas de un elefante y un avestruz, con aquellos gruesos marcos dorados, que alguien trajo de un viaje por Egipto. La mesa de roble, en la que de niños desayunaban, almorzaban y cenaban. Casi enlazaban una comida con la otra porque las conversaciones, los juegos, las risas se prolongaban durante horas. Las sillas de enea, con los asientos a punto de ya no poder seguir cumpliendo su función. Los velones antiguos, sin utilidad desde que Salva decidió traer la electricidad desde el pueblo — «Revaloriza la finca, y además así los padres pueden tener calefacción, que no sabéis el frío que hace aquí en invierno...»—. La chimenea, con los morillos en forma de toros iberos, que durante meses no se apagaba. Siempre le intrigó quién la mantenía durante las noches —«el fantasma de Las Mimosas», reía su padre a carcajadas, cada vez que le preguntaba—. Encima del fuego, la cabeza del jabalí que abatió el tío Antonio una noche de luna en la Charca de las Ranas. De niño le daba miedo, los mayores les tomaban el pelo diciendo que su espíritu vagaba por toda la finca. Había pasado muchas horas fijándose en sus poderosas navajas, en su lengua arrugada y amenazante, en sus ojos de loco y en sus orejas redondeadas, lo único que le restaba fiereza. «Vaya bicho» era la frase más repetida allí, la que exclamaba cualquiera que por primera vez visitara el cortijo. Lo que mejor recordaba era el olor. Dicen que el olfato es donde la memoria es más precisa. Acumulado durante lustros y reconocible entre mil. Una mezcla inconfundible de aromas de madera, humo, cera de velas, carne de cerdo, humedad y alcohol. Este último procedente del mueble bar herencia de sus abuelos, siempre bien provisto de whisky, ron, coñac y, sobre todo, de calvados, bebida bastante desconocida en España, pero a la que sus padres se aficionaron en un viaje que hicieron a Bélgica. También seguía en la pared la vieja escopeta paralela del calibre 410. Supuso que aún funcionaría, pero no tuvo ganas de descolgarla.

—Si vas a tomar tú, ponme un cortado.

Salvador no ha cambiado un ápice —pensaba Martín mientras le escrutaba con disimulo—. Siempre de buen humor, como si le sobrara energía para repartir. Sus movimientos rápidos, decididos. Así era Salva. No tenía dudas de nada. En todo momento sabía lo que quería y lo que tenía que hacer.

—Chavalín, aquí tienes tu café. Bueno, ¿qué te cuentas? ¿Cómo te va?

—Todo razonablemente bien.

Martín sigue siendo el mismo, se decía Salva. Hermético, lacónico, impenetrable…

—¿Ya has encontrado alguna rubia teutónica con grandes tetas? En Alemania hace mucho frío y te tienes que calentar…

—No, tampoco la busco —dijo con media sonrisa de compromiso.

—Pues el que no busca no encuentra.

—¿A qué hora llegará la gente? —cambió de tema porque el de las mujeres le incomodaba. Desde su divorcio se había vuelto un tanto misógino.

—Ya sabes cómo es esta familia…

—¿Hace tiempo que no los ves?

—La última vez, en el entierro del tío Pedro. Tendrías que haber venido. Siempre fue como nuestro segundo padre.

—Sería para ti.

—Vino todo el mundo. Hasta los que viven en América.

—El entierro de un hombre de más de ochenta años, que llevaba diez con alzhéimer, no tiene sentido que sea algo multitudinario.

—¿Cómo?

—Que no existen condolencias, en todo caso enhorabuenas.

—Un padre siempre es un padre. Los primos estaban muy afectados.

—Más les hubiera valido ir a verle a la residencia. Yo fui una vez y las enfermeras me dijeron que hacía meses que no aparecían por allí.

—No juzgues, y no serás juzgado.

—No tengo problema en eso, sé que no me ganaré el cielo. ¿Quién trae a mamá?

—Supongo que Alicia. Habrá pasado a recogerla.

—Voy al baño.

—Al fondo a la derecha.

—¡Qué gracioso!

Martín cerró el pestillo del baño de visitas, como le llamaban de pequeños. Era un lugar habitual para jugar al escondite cuando no estaban los padres. Mientras se lavaba las manos pensaba que todo estaba viejo, pero impoluto.

—¡Está todo limpísimo! ¿Cómo es posible? ¿Cuántos meses llevaba cerrada la casa?

—Ya conoces a Rosa. Se vino hace diez días para dejarla como una patena.

—¿Dónde está?

—Supongo que en la cocina.

—¡Qué bueno! Hace siglos que no pruebo comida peruana. ¿Te acuerdas de que al principio aquellos sabores no nos gustaban?

—¡Y tanto! Ni a los padres tampoco. Estuvieron a punto de despedirla porque decían que no sabía cocinar —soltó una risotada de las suyas

—Me voy a verla.

Atravesó el patio interior, que tanto carácter daba al cortijo. Se detuvo unos segundos. El suelo de barro cocido, el grifo de la pared, con un cubo de metal siempre esperando debajo, las buganvillas y las glicinias, ahora solo unos palos sin vida. Como la parra. Siempre le maravillaba que, de aquel tronco retorcido y rugoso, seco como el esparto en invierno, salieran, primero, unos pequeños zarcillos, luego unas hojas imponentes, verde intenso, y después el fruto. Esas uvas llenas de zumo, sin pepitas, que todos aguardaban ansiosos al final del verano. Todos, menos Alicia. No soportaba a las avispas, y varias veces estuvo a punto de convencer a su padre para que quitara «aquel atractor de bichos». «Si os gustan las uvas, las compramos en el mercado y punto». Alicia nunca entendió nada, se sorprendió Martín susurrando a la parra.

Antes de llegar pudo percibir aquel extraordinario olor a especias que emanaba siempre de la cocina de Rosa. En realidad, de ella misma. Podía saberse si había estado en una habitación por los aromas que flotaban en el ambiente.

Todos bromeaban con aquello. Un día le voy a meter un mordisco en un brazo, seguro que está buenísimo, solía decirle Santiago, el más tragón de la familia.

—¡Rosita!

—¡Por la Virgen! ¡Señorito Martín!

Los abrazos de la mucama eran como si se los diera un oso de peluche gigante. Te podías sumir en una masa suave de carne en la que te sentías confortable y protegido.

—Te veo igual, Rosa. Tan guapa y elegante como siempre.

—Uy, señorito. Si ya voy a por los setenta, ya soy una vieja.

—¡Pero qué dices! Seguro que todavía te salen novios.

La mujer enviudó muy joven. A su marido le asesinaron en Lima, nunca explicó por qué, ni cómo sucedió. Lo que sí contó mil veces fue las penas que tuvo que pasar para sacar adelante a sus tres hijos, entonces el mayor tenía cuatro años. Al final se vino a España, los dejó con los abuelos y les mantuvo con el dinero que ahorraba todos los meses. «Ustedes no se dan cuenta de lo que es no ver crecer a tus hijos; no saber nada de ellos durante meses; la ansiedad que te recorre cuando recibes una de sus cartas…». Martín recordaba perfectamente el día en que apareció Rosa en sus vidas. Celebraban el cumpleaños de Luis Alberto. Todos alrededor de la tarta para soplar las cinco velas —por entonces vivían en la casa de la calle Velázquez— cuando inopinadamente sonó el timbre. Su padre: «¿Quién será a estas horas?». Su madre: «Un vendedor, seguro». Santiago: «Ya abro yo». Su madre: «Asómate por la mirilla, que nunca se sabe…». Santiago, vociferando desde el fondo del pasillo: «¡Papá, ven! ¡Es una china!». Todos corriendo hacia la puerta. ¿Una china? Solo las habían visto en el juego de cartas de las familias y aquello les generaba una enorme curiosidad.

—Buenas tardes, señor, soy Rosa Cayo.

—Ah, Rosa. No la esperábamos hasta mañana. Pase, pase.

Arrastraba una gran maleta de cuero y vestía de una forma que a todos les pareció de lo más estrafalaria, como con trapos de colores. Los primeros días los chavales se referían a ella como «la china», hasta que su madre se lo reprochó: Primero, es una falta de respeto no llamarle por su nombre. Y segundo: no es china, es peruana. Santiago ya lo había mirado en la Enciclopedia Salvat y se hizo el listo: Perú es un país de América del Sur, al lado de Brasil. Su capital es Lima y la raza de su gente es inca —recitó como un papagayo—. ¿Inca? A Martín aquello no le sonaba de nada, pero al poco tiempo se llevó una sorpresa leyendo el libro de Tintín *El templo del sol.* Allí los incas eran los protagonistas.

—A ver, Rosa, ¿qué nos vas a cocinar? —levantó Martín la tapa de la cacerola.

—No me lo toque, que se le va el alma. Hay ceviche, papas y ají de gallina.

—¡Qué bueno! ¿Papas a la huancaína?

—Pues claro.

Martín se le abrazó al cuello y le dio un beso sonoro en la mejilla.

—Qué maravilla. Gracias, Rosa, por estar aquí. Me parece que la comida va a ser lo mejor de este fin de semana. Luego te veo, voy a ver si ha llegado más gente.

Al salir de la cocina ya pudo oír la voz aflautada de Alicia.

—Martín, hola, hombre, déjame que te vea. Uy, estás más delgado. Esto de vivir solo no te sienta bien. Tienes que volverte a España, a nuestra tierra. Aquí se está mucho mejor. Y mira qué blancuzco. Si es que ahí donde vives no te pega el sol. Te estás consumiendo en el norte. Y la vida pasa rápido. Mira el pobre primo Fernando. En tres meses, al cielo. Con lo bueno que era...

Martín aprovechó que su hermana paraba una décima de segundo a respirar para poder decir algo, con ella era siempre así.

—Hola, Alicia. Te veo estupenda —mintió sin pestañear mientras pensaba que las pulseras doradas, los anillos dorados, los pendientes dorados, el abrigo moteado de animal de la selva y esos labios de color rojo brillante le hacían parecer una hechicera africana, y no una pija del barrio de Salamanca.

—Gracias, hermanito —le dio un beso forzado.

—¿Has estado ya con Rosa? ¿Que está cocinando? Espero que no sea una de esas comidas con picante. No las soporto. A mí que me haga alguna verdura.

Es insufrible. Qué horror tener que aguantar esto cuarenta y ocho horas, pensó mientras se miraba en el espejo de la entrada para quitarse la marca de la mejilla que le acaba de dejar la lela de su hermana.

—Salva, ¿y los demás dónde andan?

—Todavía no han llegado. ¿Y mamá? Pensé que la traerías tú.

—Al final no viene.

—¿Cómo? ¿Por qué?

—He pensado que iba a ser mejor que estuviéramos los hermanos solos para hablar con tranquilidad. Tenemos que decidir muchas cosas.

—Pero eso no fue lo que acordamos. Deberías haberlo dicho.

—Pues haberla traído tú.

—Lo hubiera hecho encantado de haberlo sabido. No puedes tomar decisiones por todos.

Al volver, Martín pudo percibir la tensión. Alicia mirando la vieja foto de los abuelos en la puerta de la iglesia y pensando que le gustaría haber tenido otra familia con más nivel social, como las de sus amigos. Salva atizando el fuego y murmurando lo estúpida que era su hermana. Siempre había tenido la vida fácil, se casó con el bobo de Carlos, al que le gusta repetir: «Yo no he trabajado nunca, vivo de mis rentas». Ya solo eso le calificaba.

—Entonces, a ver, ¿cuál es el plan? —intentó Martín apaciguar los ánimos.

—No sé, pregúntale a Alicia, parece que ella es la que nos manda.

—Qué idiota eres, Salva, sigues tan desagradable como siempre. Los tres minutos que llevamos juntos me sirven para confirmar que menos mal que no nos vemos.

—Yo solo necesito uno.

—Venga, hermanos, no empecemos así el fin de semana que esto va para largo. Dejaos de tonterías.

Sonó un claxon que fue como la campana del final del primer asalto.

—Ya están aquí —dijeron casi a la vez, y salieron a recibir a los recién llegados. Alicia aprovechó para ir al baño a dar un retoque a su maquillaje.

—¡Santiago! ¿Qué tal? Guadalupe, ¡vaya nuevo *look*!

—Hola, Salva. Qué alegría veros. ¡Martín!, ¡pero si te veo por la calle y ya no te conozco!

—No exageres, hermana. Pues tú estás igual. Bueno, ese color azul del pelo no lo conocía.

—¿A que está chulo?

—Ya le he venido diciendo en el viaje que cuando lo vea Alicia se va a desmayar.

—Pues ahí dentro la tienes, ya calentita.

—Pues no hace tanto frío. Esa siempre fue una friolera.

—No, si no es por la temperatura ambiente, es la interior.

Los cuatro rieron con ganas.

—A ver, os ayudamos con las maletas.

—No hace falta, es solo esta bolsita.

—¿Solo traes esto para todo el fin de semana?

—Ya sabes de dónde vengo, esto en la India es mucho más ropa que la que tiene la mayoría de la gente —Santiago se puso un tanto serio.

—Ya, hombre, era broma.

—¿Y lo tuyo, Lupita?

—Salva, no me llames así, sabes que no me gusta.

Los pensamientos de Guadalupe y Salva confluyeron en la misma escena de la niñez. Aunque él era casi cuatro años menor, la estaba siempre pinchando. Aquellos días ella estaba nerviosa preparando su fiesta de graduación del bachillerato. Salva llevaba toda la mañana dándole la paliza. ¡Lupita se hace mayor! ¡Por fin va a tener novio! ¡Lupita! ¡Lupita! Y le cantaba aquella canción de los Teen Tops: «Es Lupe, Lupita, mi amor...». De niña fue tímida y siempre se comportaba con corrección. Sus padres solían ponerla como ejemplo: «Mirad a Guadalupe lo buena que es. A ver si aprendéis». Si supieran ahora... se sonreía Salva. Aquella tarde supuso un antes y un después. Los padres habían salido a comer fuera y estaban todos los hermanos viendo la tele en la sobremesa. Ponían *Bonanza*. Salva seguía chinchando y de repente Guadalupe se puso de pie y le tiró a la cabeza un cartabón con el que estaba haciendo unas rayas en un cuaderno. La furia con la que lo lanzó fue tal que se clavó en la pared, a pocos centímetros de la cabeza de Salva. Todos enmudecieron y miraron atónitos a la hermana, que gritó: «¡Eres un gilipollas, me tienes hasta los huevos, capullo!». Era la primera vez que la oían soltar un taco. Nadie pudo decir nada hasta que salió dando un portazo que casi desmontó la puerta.

—Que sí, mujer, ya sé... ¿te acuerdas? —Los dos sabían a qué se refería, y rieron cómplices.

—Venga, dame tu equipaje y vamos para adentro.

El encuentro entre las dos hermanas fue el cinismo llevado a la máxima expresión. Primero el pelo. Guadalupe, al principio me he sorprendido, pero ese color azul es muy sugerente. Y en su pensamiento: Qué horror, parece una punki. Luego la figura. Te veo más delgada. Se te ha puesto un tipo ideal —mientras pensaba que la especie de saco negro que vestía hasta los pies le sentaba fatal. Luego la pareja. ¿Qué tal tu novio? Porque tienes ahora novio, ¿no?, pensando que su hermana era una especie de furcia a la que le daba igual ocho que ochenta. Y la traca final. Qué bien que estés aquí. Tenía muchas ganas de veros a todos. ¡Somos una gran familia!, mientras su pensamiento le llevaba a la fiesta que esa noche organizaban los Rosaenz, iba a ser divertidísima y se la iba a perder. Y mañana hubieran tenido un asado en la finca de los Arraizabal. Qué pena.

Guadalupe solo mantuvo la mirada unos segundos al inicio de la perorata. Durante el resto trató de bloquear sus oídos mientras echaba un vistazo al salón que tan bien conocía.

—Id a ver a Rosa, está en la cocina. Yo acabo de estar con ella.

Guadalupe y Santiago salieron de inmediato a su encuentro.

—Ya la veremos luego, me resulta tan pesada la pobre... Es buena, pero... y luego ese olor a especias que la envuelve me mata.

—Alicia, no cambiarás nunca —le reprobó Martín con la mirada.

—¡Doña Rosa!

—¡Santiago!

—¡Rosita!

—¡Guadalupe!

Aquí sí hubo abrazos sinceros.

—¿Cómo les va la vida? Me tienen que contar.

—Primero tú. ¿Qué tal todo? ¿Los hijos? ¿Cuántos nietos tienes ya?

—Yo, como siempre, pero más vieja. Mis hijos bien. Bueno, David ahora sin trabajo, su empresa cerró. Y el pobre tiene tres hijos, a ver si le cambia un poco la suerte y sale de esta. Los demás bien. Ya tengo siete nietos, y mi María Elena está embarazada, así que, si Dios quiere, en tres meses tendré otro.

—Qué bien, Rosa. Tú te mereces lo mejor. Siempre has sido buenísima con tus hijos.

—Bueno, lo normal en una madre que enviudó tan pronto. Mi Edgar, que Dios le tenga en el cielo.

Los hermanos recordaron que siempre que Rosa hablaba de su difunto marido utilizaba la misma expresión mientras se santiguaba y miraba hacia arriba.

—A ver, ¿y ustedes? Señorito Santiago, ¿sigue usted viviendo tan lejos? Ha engordado mucho, tiene que tener cuidado con la salud.

Santiago llevaba casi treinta años viviendo en Nueva Delhi. Sus padres tenían puestas todas sus esperanzas en que su hijo mayor fuera un abogado de prestigio. Él lo intentó. Su balance: un curso y medio en seis años. No podía con ello. Ni le gustaba ni tenía memoria ni valía para el derecho. Conoció entonces a Anjali, que estaba haciendo una estancia de un año en Medicina de la Complutense. Se la presentó un amigo en una fiesta y a partir de ahí cambió su vida. Se fue metiendo en la cultura hindú, en su forma de ver el mundo, en sus tradiciones. Hizo un primer viaje con Anjali a su país y aquello le fascinó. Ese ritmo lento, educado, de continua reflexión, iba con su carácter. Cuando reunió a sus padres para decirles que se iba a vivir con su novia a su país la noticia cayó como una bomba. Lloraron toda la noche preguntándose en qué habían fallado para que su primogénito tomara un camino como ese. Era una tragedia. Ni siquiera trataron de averiguar de qué iba a vivir, ni si se iba a casar. Más bien pensaron en ellos, en que acababan de perder un hijo. Años después, se dieron cuenta de su error, pero para unos padres de la España de entonces, todavía inmersa en una sociedad franquista, aquello era muy difícil de asimilar. Al poco tiempo vino lo de Luis Alberto, que aún fue un varapalo mayor. Alicia siempre les reprochó que ellos habían sido los culpables de la enfermedad de su padre. Hoy Santiago es hindú por los cuatro costados. Sus gestos, sus movimientos, su forma de vestir —siempre un sari de colores vivos—, sus expresiones mencionando continuamente al espíritu, a la naturaleza, al destino... Montó una carpintería y hace muebles de madera que vende en los mercadillos. La historia con Anjali duro solo unos meses. Ella quedó seducida por Europa y acabó viviendo en Londres. Santiago buscó pareja por un anuncio en la prensa. Era la única posibilidad para un extranjero. Del *casting* salió elegida Meena, su mujer, con la que ya había tenido cuatro hijos. La familia la conoció en el funeral del padre. Aquel día todo fue muy confuso. La imposibilidad de comunicarse por el idioma; la forma de saludar —tirándose al suelo para besar los pies a la madre—, que a todos desconcertó; o su postura en la mesa mientras comía... generaron continuos equívocos que en otra situación podrían haber llegado a ser cómicos, pero que entonces resultaron tensos para todos.

—Rosa, mi espíritu está en paz —le dedicó una amplia sonrisa mientras juntaba sus manos e inclinaba la cabeza.

—Mire que es usted ceremonioso, señorito. Me da vergüenza.

—¿Por qué? Nuestras energías están fluyendo y deben encontrarse...

—Anda, Santi, no le digas cosas raras a la pobre Rosita —le golpeó la hermana el hombro cariñosamente.

—¿Y usted, señorita? ¿Está usted bien? Tiene la cara un poco demacrada.

—Ja, ja. ja... Ay, Rosa, siempre opinando de nuestro aspecto... Sí, estoy muy bien, aunque he tenido mejores momentos...

Tras charlar un rato sobre la casa, la comida que estaba preparando, la madre y el resto de la familia, los hermanos volvieron al salón.

Salva y Martin junto al fuego. Alicia en el otro extremo, hablando por el móvil.

—¿Dónde andará Luis Alberto? ¿Alguien lo sabe? —Alicia gesticuló desde el fondo mientras soltaba un chis para que su hermana hablara más bajo; Guadalupe la miró, y su reacción fue la de elevar el tono aún más mientras le daba la espalda—. Digo que si sabéis si va a venir el que falta.

—A mí me confirmó por *email* que estaría aquí, pero que quizás se retrasaría un poco. Por lo visto iba a pasarse toda la noche trabajando en el estudio porque hoy era el último día para la entrega de un concurso.

—¡Qué pesados son los arquitectos! Siempre hasta el último momento, no puedo entender por qué no se organizan mejor.

—Desde luego, Martín, a ti te daría un ataque si tuvieras que trabajar con él...

—¿Os acordáis de cuando papá nos hizo de broma aquellas tarjetas?

—No me lo recuerdes.

—¿Cómo era? ¿Gabinete Ramírez? Santiago Ramírez, abogado. Martín Ramírez, ingeniero industrial. Julio Ramírez, experto en *marketing*. Luis Alberto Ramírez, arquitecto. Salvador Ramírez, publicista.

—Acertó menos de la mitad.

Todos rieron, salvo la única mujer que estaba en la conversación.

—Yo me cogí un cabreo de la hostia —dijo Guadalupe.

—¡Esa lengua! —se escuchó a la otra mujer desde la esquina.

—Vete a tomar por culo, hermanita, tú siempre fuiste igual de machista que papá. Los hermanos, todos ilustres profesionales, con su «gabinete» de mierda, ¿y nosotras qué? ¿A fregar? ¡Menudo capullo era nuestro padre!

—Que no, hermana —terció Santiago—. No es así. Aquello fue una broma. Él siempre deseó que vosotras también fuerais a la universidad. Alicia no quiso, ¿no es así? —preguntó, girándose hacia ella—. Y tú estudiaste lo que quisiste, y por eso hoy eres una modista de prestigio.

Alicia avanzó hacia el grupo, diciendo «bueno, chicos, habrá que organizar las habitaciones. Venga, a echarlo a suertes». Nadie contestó. «Voy a hacer papelitos». Buscaba en los cajones del aparador donde solía haber papel y bolígrafos. «Aquí. A ver, primero, El Nido —era como llamaban a la habitación de los padres. De niños, obviamente, aquella estancia no entraba en el sorteo, pero ahora tenían que ocuparlas todas. «La abubilla. El mirlo. La tórtola». Su padre decidió ponerles nombres de pájaros. Fue muy aficionado a la ornitología y aquello, según él mismo decía, era un pequeño homenaje. «¿Cuál me falta? Ah sí, el arrendajo, siempre me ha costado recordar ese nombre. Así que somos seis para las cuatro habitaciones».

—Acuérdate de Rosa, ¿o la vas a poner en el suelo? —le espetó Salva.

—Ya lo había pensado, pero debería dormir en el sofá del salón. Seguro que no le importa.

—¡Pero serás canalla! Cómo puedes proponer eso. ¡Pues claro que se irá donde le digamos, pero no voy a permitir que la pobre pase la noche en un sillón!

«Ni yo». «Claro que no». «Ni de coña»... fueron diciendo el resto de los hermanos.

—Vale, vale... Pues entonces, como Rosa dormirá sola, hay que repartir las cuatro habitaciones entre los seis.

—Yo no veo necesario rifarlas —trató de anticiparse Martín a la tormenta que podría traer las combinaciones del sorteo—. Está claro que las chicas han de dormir cada una en una, y nosotros por parejas.

—A mí me da igual. Como queráis.

—Pues venga, Santiago y yo en una, y Salva y Luis Alberto en la otra.

—De acuerdo, pero en todo caso escoged el papelito para ver qué habitación le toca a cada uno.

—Qué pesada con el sorteo. Hazlo tú y nos dices el resultado —se burló Guadalupe.

—Buenos días, familia.

—¡Hombre, Luis Alberto! No te hemos oído llegar.

Los hermanos le abrazaron uno a uno.

—¡Qué gente más puntual! ¡Pero si ya estáis todos! ¿Y mamá?

—Al final no viene, contestó Alicia. Justo acabamos de repartir las habitaciones. Te ha tocado con Salva.

Luis Alberto se percató de las caras de los hermanos y decidió no seguir preguntando sobre el asunto, ya se enteraría luego y prefirió bromear con la situación.

—¿Con Salva? Tendréis algodones para la nariz, que ya me conozco yo a este…

—¡Serás mamón! ¡Si tú eres peor!

Los dos hermanos habían compartido cuarto toda la niñez y parte de la juventud, hasta que Luis Alberto comunicó a los veinte años a sus padres que se iba a vivir con unos amigos. Aún no había confesado su homosexualidad, por lo que, aunque no les gustó mucho la idea, la aceptaron sin discutir. Muy diferente fue el día en que se presentó en la comida familiar de los domingos con su novio. El padre enmudeció y no habló durante varios días, mientras la madre solo murmuraba: «Ay, Dios mío, Dios mío»…

—Venga, vamos a dejar las maletas en las habitaciones para no tenerlas por aquí en medio y nos sentamos a organizar lo que vamos a hacer —entre otras muchas manías, Alicia era una obsesa del orden.

Diez minutos después los seis hermanos ocupaban los sofás del salón alrededor de la chimenea. Compartían la sensación de haber vivido años atrás esa escena en muchas ocasiones. Para todos representaba un grato recuerdo de juegos de mesa, tertulias interminables, villancicos navideños, chistes y un sinfín de momentos que habían marcado sus vidas.

Alicia fue la primera en abrir el fuego.

—Hermanos, como hace tanto que no nos vemos, me encantaría que nos contáramos cómo nos va la vida, qué ha pasado en estos últimos años, qué proyectos tenéis... Si queréis empiezo yo.

Alicia no dio tiempo a que nadie diera su opinión sobre su propuesta. La mujer, con las piernas juntas y oblicuas frente al sillón, se alisó el pelo con las dos manos y se estiró la falda en un gesto típico de niña de colegio de monjas.

—Me llamo Alicia Ramírez Bobadilla y tengo cincuenta y tres años —se quedó mirando a todos, esperando la reacción del grupo, pero nadie cambió su gesto ni hizo ningún comentario al intento de gracieta—. Qué sosos sois, hijos míos. Bueno, ahora en serio. En los últimos años a Carlos le han ido muy bien los negocios. Hemos viajado sin parar por Europa, Latinoamérica, también hemos ido a Japón, es fascinante, ¿alguien ha estado? Nuevo silencio de los contertulios. Vendimos nuestra casa en Marbella y nos hemos comprado otra más grande y más cerca del mar. Los tres niños ya los tenemos creciditos. Carlitos ya es abogado, Piluca está en el último curso de Farmacia y Nachete en segundo de Ingeniería de Telecomunicaciones. En fin, que todo fenomenal. ¿Quién sigue? ¿Tú, Luis Alberto?

—Bueno, lo mío es fácil. Mucho trabajo, poco dinero, y cada año más viejo.

Ahora sí sonaron algunas risas, a las que siguió un silencio que reclamaba oír algo más.

—Pues eso es todo. La verdad es que mi vida es bastante rutinaria. No puedo contaros nada interesante.

—¿Dónde vives? ¿Sigues en Zaragoza?

—Sí, en el mismo centro, desde hace casi quince años.

—Menudo frío hace por ahí.

—Desde luego, y mucho calor en verano. Pero a mí me gusta, es una ciudad con un tamaño suficiente para tener cierta vida cultural y no tan grande para resultar tan incómoda y áspera como Madrid. Venga, el siguiente.

—Eh, más despacio. ¿Y de amoríos cómo vas? —Alicia no se pudo resistir a preguntar lo que más la intrigaba.

—Eso es secreto de sumario. Vamos, yo ya he cumplido. ¿Quién sigue?

—Estoy feliz en la India, al que ya considero mi país. Tengo mi espíritu en paz. Nos trasladamos a las afueras de la ciudad y vivimos en una casita en el campo, donde mis hijos crecen en armonía con la naturaleza. Tengo poco, pero suficiente. El dinero de la herencia de papá ni lo he tocado, y mira, me ha servido para pagarme el billete para estar aquí con vosotros. Ya sabéis aquello de que no es más rico el que más tiene sino el que menos necesita. Paz y amor, ese es el secreto de la felicidad. Cuando ya estás próximo a cumplir sesenta años estás más preparado para la transición. Yo la espero tranquilo.

—Joder, Santi, pues sí que te has vuelto un místico. ¡Cualquiera cuenta nada después de ti! —bromeó Salva, aunque en realidad todos pensaron lo mismo.

—Pues venga, hermano, por hablar, te toca.

—¿Por dónde empezar? Mi vida ha sido un continuo tobogán en los últimos años. Negocios inmobiliarios, algunos con éxito, otros estrepitosos fracasos; he invertido en algunas *startups* que luego no han llegado a desarrollarse; he tenido multitud de juicios, en algunos casos como demandante y en otros como demandado... Y en el amor, para qué hablar. Me he enamorado un montón de veces, pero ninguna me ha durado más de seis meses —soltó una gran carcajada a la que nadie acompañó.

—Ay, Salva, desde que te separaste de Marta has sido un viva la Virgen.

—Para virgen tú, Alicia. A tu marido seguro que hace tiempo que no se le levanta.

—¡Estúpido!

—¡Cretina!

—¡Haya paz! Venga. Que siga Martín —intercedió Santiago.

—Lo mío es fácil. Vivo en Stuttgart. Estoy divorciado y sin pareja. A mi hijo le veo una vez a la semana. Trabajo en la Mercedes y tengo poco tiempo libre.

—¡Vaya planazo, macho! Vaya rollo de vida, desde luego no te envidio —bromeó Luis Alberto y todos rieron—. Guadalupe, vamos, eres la última.

—De mí sabéis todos, así que para qué os voy a contar... Pero bueno, en tres palabras. Me parece que soy capaz de disfrutar bastante de la vida. Soy una modista de cierta reputación, tengo muchos amigos, me encanta viajar y disfruto mucho del sexo.

Se hizo un silencio cortante. La última frase, entre el humor y la sinceridad, confirmaba algo que todos sabían. Que su hermana se acostaba un día sí y otro también con hombres diferentes. A algunos de los hermanos les parecía muy bien, era su vida y no tenían nada que objetar; a otros, sobre todo a Martin y a Alicia, les rompía su visión del amor ligado al sexo, además de chocar frontalmente con sus convicciones religiosas.

—Bueno, pues ya está. Ya tenemos la ficha de todos. Nos podemos marchar y hasta dentro de otros cinco años.

Aunque era obvio que era una broma, que la gracia viniera de Martín generó unos segundos de desconcierto que desatascó Salva.

—¡Serás capullo! Este tío es frío hasta para los chistes. Venga, vamos a organizarnos un poco. Le he dicho a Rosa que tenga la comida preparada a las dos —aseguró Salva.

—¡Rosa! ¿Está aquí? No sabía nada, qué alegría me das —dijo Luis Alberto.

—Son las, a ver, las doce y media pasadas... Ahora podemos charlar un rato, comemos, descansamos un poco. Sobre las cuatro damos una vuelta por la finca antes de que sea haga de noche. Y después nos ponemos a hablar de lo que nos ha traído aquí. ¿Qué os parece?

«Muy bien». «Ok». «Lo que queráis». «Vale»... cada uno contestó a su manera y casi al unísono.

—Me voy a fumar un cigarrito. ¿Os importa que fume? Guadalupe hizo una pregunta que ella pensó que era retórica.

—A mí sí. Lo siento, hija, pero no soporto el olor a tabaco. Se queda pegado a la ropa.

—Mira que eres pija, Alicia, pero si estamos ahumados por la chimenea...

—Tú preguntas y yo contesto. Haz lo que quieras.

—Pues venga, vamos fuera a darle al vicio y de paso saludo a Rosita —resolvió Luis Alberto.

—Os acompaño y cojo más leña, que nos va a hacer falta —se levantó Salva.

De casualidad, o quizás por la costumbre, se habían hecho momentáneamente dos grupos, los mayores y los pequeños. No les separaban tantos años, pero siempre habían sentido que les diferenciaba un cierto salto generacional. Los pequeños se sentaron en el porche, y rápidamente coincidieron en sus comentarios.

—Estos siempre han sido un coñazo, pero se ve que con los años van a más —se mofó Salva.

—Alicia, más señorona que nunca; Martín parece un robot al que le dan cuerda por las mañanas; Santi un místico de la hostia... ¡qué tres! —confirmó Guadalupe.

En el interior había menos complicidad. Alicia se puso a mirar el móvil mientras Santi y Martin se ensimismaban con la danza del fuego.

—La verdad es que no sé cómo va a acabar todo esto. Antes de hablar de los problemas que tenemos que resolver ya saltan chispas entre nosotros... Una pena... —dijo Guadalupe, que era la única que durante todos esos años había tratado de mantener viva la llama familiar. Solía llamarles por teléfono, contarles a unos las cosas de los otros, darles noticias de primos, tíos y cuñados... Pero la familia estaba rota desde hacía mucho tiempo.

Tarde del viernes

—¿Habéis cogido bastones?

—Yo sí. Toma, tengo dos.

—Prefiero no llevar nada en las manos, se anda mejor —aseguró Salva.

—¡Qué va! Para las cuestas un palo es de gran ayuda —dijo Guadalupe tanteando el peso.

—Venga, ¡que estás fondona! —bromeó Luis Alberto.

—¿Ya estamos todos? —Alicia se había equipado como si fuera a escalar el Everest. Botas, calcetines gruesos, pantalones de pana, jersey de cuello vuelto, cortavientos de marca y un gorro de lana con la bandera de España.

—Vamos.

Los hermanos salieron en fila india por la senda que se dirigía a Risco Pelado. Hacía un viento incómodo, aunque no era frío.

—Ya no recordaba lo pesadas que son las digestiones de las comidas de Rosa. Parece que me he comido un buey.

—La verdad es que estaba todo buenísimo. Sobre todo el ceviche, nunca lo he tomado mejor.

—Lo que te deja el estómago tocado no es el pescado, es el maldito ají. Yo me tiro un mes saboreándolo.

—Claro, Salva, si no hubieras repetido tres veces…

—Tenéis que venir a la India. Ese ají, allí, es una broma. Todo es picante, muy picante. Utilizamos cientos de especias diferentes.

—No sé cómo podéis.

—Te acabas acostumbrando. He leído que todo se debe a la capsaicina. Sus moléculas las detectan los receptores de la lengua y envían un mensaje de alerta al cerebro. Si lo tomas habitualmente ese aviso deja de producirse y ya no percibes ardor en la boca ni se te saltan las lágrimas.

—Yo creo que lo de México aún es peor. Estuve el año pasado y lo del chile es brutal.

Avanzaron un par de kilómetros superponiendo varias conversaciones intrascendentes, abrigados por un clima de camaradería. Parecía que el almuerzo había rebajado la tensión, y ahora fluía ese singular ambiente de excursión que todos habían experimentado en aquella finca en multitud de ocasiones. Alcanzaron el Arroyo de las Zarzas y decidieron hacer una parada en las ruinas del viejo cortijo de El Carrascal. Se sentaron en las piedras diseminadas por la llanura a admirar la vista que dominaba la vaguada que se abría desde allí. Los ocres, amarillos y rojizos dominaban el paisaje. Era pleno otoño, y robles, castaños y quejigos mostraban una paleta de tonalidades que encandilaba al espectador.

—¿Cuántos colores veis?, ¡a ver quién ve más! —retó Salva, al que le gustaba competir por cualquier cosa.

—Pues seguro que las mujeres, ¿o es que no sabes lo de los conos y los bastones?

—Joder, Santi, eres como una enciclopedia.

—Las mujeres tienen en sus ojos más conos, que sirven para distinguir colores. La genética evolucionó así para poder cumplir mejor su función de recolectoras de frutos. Mientras que el hombre, en su papel de cazador, tiene más bastones, porque son los que sirven para percibir el movimiento. Una mujer es capaz de diferenciar más de doce tonos de un mismo color, nosotros solamente tres. Por eso yo creo que la parte masculina de las personas ve lo que hay, mientras que la femenina se da cuenta de lo que no hay.

—Así que nosotras en casa recogiendo frutitas y vosotros de coña cazando mamuts.

—Así era, Guadalupe, y en realidad así ha sido hasta hace nada. La revolución femenina es recientísima. Y haber cambiado los roles que la naturaleza había dispuesto para nosotros está generando enormes problemas a la sociedad.

—¿Cómo? ¿Así que no te parece bien que queramos ser iguales?

—Que sí, pero eso no quita que sea algo contra natura.

—Pero ¿cómo puedes ser tan machista, Santiago, con lo listo que eres? Claro, allí en la India tenéis a las mujeres sometidas. Son vuestras esclavas.

—No me entiendes, hermana. Lo que quiero decir es que el hombre es un animal. Y, como en casi todas las especies, las funciones del macho y la hembra son diferentes. Somos simios, y, por tanto, la hembra cuida de los hijos y el macho es el dominante. Que hayamos evolucionado para acabar con esa desigualdad me parece bien, pero es algo que rompe con lo que estaba diseñado.

Alicia asentía, no quería entrar en la conversación para no volver a chocar con su hermana, pero en el fondo ella pensaba que hombres y mujeres no son iguales, ni lo serán nunca, y que además es mucho mejor que sea así.

—Si te refieres a que a los hombres se les han acabado los privilegios que llevan teniendo durante siglos, pues sí, os aguantáis, mala suerte que os haya tocado a los de vuestra generación.

—Tiene razón Santi —intervino Martín—. Lo que quiere decir es que no tenemos resueltas cuestiones básicas como la de ocuparse de los hijos. Ahora nadie está en casa, los dos miembros de la pareja quieren trabajar, algo lógico y justo, pero entonces no es posible tener hijos. No podemos cuidarlos, incluso muchos ni se plantean tenerlos. Las sociedades más avanzadas tienen un gran dilema de supervivencia por la caída de la natalidad.

—Venga, sigamos, que se nos hace tarde. —A Salva no le gustaba ese tipo de discusiones.

—¿Vamos por la Vereda del Cura?

—Vale, tiene rampas muy empinadas, pero estamos en forma, ¿no?

Todos miraron a Santiago, que hizo con los dedos la señal de la victoria, lo que provocó una risa generalizada.

—Nunca hemos sabido por qué se llama así este camino, que yo sepa en la familia no hubo ningún cura.

—Yo le oí a mama algo sobre un tío suyo que era sacerdote, hasta que conoció a una buena moza y cambió de planes.

—No me extraña, lo del celibato que se ha inventado la Iglesia católica…, eso sí que es contra natura —dijo Guadalupe tratando de dar con su bastón a una castaña que había en el suelo.

—Pues sí, de ahí viene el drama de la pederastia. Es increíble que no hayan evolucionado… —confirmó Luis Alberto.

—Mejor lo dejamos, me parece que podríais respetar un poco las creencias de cada uno —Alicia aceleró el paso dejando atrás al grupo. Martín los miró a los dos y se llevó el dedo a los labios ordenando callar.

—Desde luego, es muy difícil que encontremos algún tema de conversación que no genere de inmediato posiciones contrapuestas. No sé qué nos ha pasado, venimos del mismo sitio, pero nos hemos separado absolutamente —Salva lo dijo con una voz que mostraba preocupación o incluso tristeza.

—*C'est la vie* —contestó Luis Alberto—. Es la condición humana. ¿Habéis leído *Amor y pedagogía*? Unamuno cuenta muy bien la vieja cuestión de si el hombre nace o se hace.

—¡Chavales! ¡Más despacio! ¡Me lleváis asfixiado!

—¡Venga, Santi! ¡Dale caña!

La conversación prosiguió, pero solo en sus cabezas, así que transcurrieron unos minutos en silencio hasta que alcanzaron la Laguna del Ánsar.

Al llegar arrancaron, poderosos, un par de azulones, mientras una garza real levantaba majestuosa el vuelo muy cerca de sus cabezas.

—¿Os acordáis de cuando veníamos aquí a pescar? Yo tengo unos recuerdos maravillosos —suspiró Guadalupe.

—Sí, lo pasábamos muy bien, aunque nunca pescábamos nada.

—Julio sí, Julio hacía todo bien.

Aquellas cinco letras que acababa de pronunciar Guadalupe paralizaron a todos los hermanos. Desde el accidente nunca habían vuelto a hablar del tema, y quizás ahora tampoco era el momento. Así que nadie respondió al envite. Transcurrieron unos minutos de tenso silencio, hasta que Salva cogió un canto rodado de una de las playas de la laguna y retó al resto al grito de «mirad qué pedazo de rana voy a hacer». Automáticamente todos vieron la oportunidad de salir del atolladero y se abalanzaron a coger piedras para lanzarlas contra el agua y hacer que rebotaran con saltos acrobáticos. El juego duró unos minutos hasta que alguien dijo que había que pensar en ir volviendo si no querían que se les echara la noche encima.

La vuelta fue más rápida y más silenciosa, hasta que al divisar el cortijo se oyeron algunos «al fin», «vaya paliza», «qué ganas de una ducha»...

Al cabo de una hora los seis hermanos estaban otra vez juntos, sentados en el salón. La conversación era trivial: «Qué agradable es estar frente al fuego»; «Qué poco está lloviendo este año»; «Espero que Rosa no se pase mucho con la cena, vamos a salir de aquí redondos»... Tras esos minutos de tanteo, Salva tomó la palabra:

—Si os parece tendríamos que empezar a hablar del asunto que nos ha convocado aquí. Voy a ir al grano. Mamá no tiene dinero, apenas le queda para vivir tres meses. Sus gastos son enormes y, salvo la pensión de viudedad, que no da para nada, no tiene más ingresos. Ya sabéis que ella, de eso del dinero, utilizando su misma expresión, nunca se ha ocupado. Piensa que sus ahorros son inagotables y no hay semana que no se compre algún capricho, mientras sigue almorzando con sus amigas en restaurantes caros y asiste a conciertos, teatros o eventos de toda clase.

—Pues habrá que decirle que gaste menos, ¿no? —preguntó retóricamente Martín.

—No creo que le podamos decir nada, es su dinero y puede hacer con él lo que le venga en gana —replicó Guadalupe, mientras el resto hacia algún indeciso gesto de asentimiento.

—Pero al menos decirle, solo para que lo sepa, que está acabando con su capital —insistió Martín.

—Eso ya he tratado de explicárselo, pero ya sabes: «A mí de dinero no me hables, que de eso no entiendo nada». Y ahí se termina la conversación.

—Entonces, Salva, ¿qué propones tú?

—No hay más remedio que vender patrimonio. Ya sabéis lo que queda: su casa de Velázquez y esta finca. Todas las acciones y los fondos los he ido vendiendo estos años para poder cubrir su tren de vida.

—Pues entonces no sé qué hay que decidir, no le vamos a decir que se vaya de su casa..., ¡le da algo! —dijo Luis Alberto.

—Vender Las Mimosas sería un drama. Es el símbolo de nuestra familia, eso no lo podemos hacer —dijo Alicia casi sollozando.

—Ya lo sé, pero no tenemos otra alternativa. Salvo que a alguien se le ocurra algo.

—¿Y pedir un préstamo?

—A mamá no se lo dan, tiene ochenta y dos años. Y ya sabéis que las dos propiedades las tenemos hipotecadas.

—Pero lo podemos pedir nosotros —propuso Guadalupe.

—Conmigo no contéis —dijo Luis Alberto—, tengo deudas por todos los lados.

Se oyeron varios «conmigo tampoco».

—Pues no veo fácil vender ahora nada. El mercado inmobiliario está por los suelos —Luis Alberto confirmó así algo que era *vox populi.*

—Quizás puedo hablar con Carlos, a ver qué se le ocurre.

Nadie contestó a Alicia. Los hermanos pensaban que su cuñado era un tonto millonario.

—Aunque no nos guste, también está el cuadro —dijo Martín con cautela.

«¿El cuadro?», exclamaron varias voces a la vez.

—Me parece que esa opción no la podemos contemplar —respondió Salva con gravedad.

—Por supuesto que no, lleva más de cien años en la familia, eso sería lo último —confirmó Alicia.

Para ella aquel cuadro de Sorolla era motivo de alarde delante de sus amigas en cuanto encontraba ocasión.

Se generó un largo silencio, que se rompió con un «voy al baño» y un «salgo a fumarme un cigarro». En unos minutos todos estaban de vuelta a sus puestos.

—Pues habrá que vender esto, y cuanto antes. Pero mamá no debe enterarse —dijo Santi, que era el menos preocupado por la situación. En su país de acogida la cuestión que estaban debatiendo sonaría a chiste.

—Se lo tendremos que decir. Tiene que saber que nunca más podrá venir aquí, seguro que le afecta —Guadalupe hizo una mueca de preocupación.

—Que se aguante —dijo Martín, que con los años se había transformado en una persona práctica y realista—. Yo creo que ya vale de tenerla entre algodones. Primero los abuelos, que le dieron todos los caprichos, luego papá, que la tuvo en palmitos toda la vida, y ahora nosotros. ¡Joder, yo también quiero una vida así! Guadalupe, yo creo que te pasas tratando de protegerla tanto.

—No es así. No la protejo, simplemente que a sus años no le vamos a hacer cambiar.

—Lupe, tiene razón Martín. Mamá no se ha ocupado nunca de lo más mínimo. Jamás ha sabido lo que era un problema. Con dos chicas de servicio, nunca ha hecho nada en casa. ¿Y a nosotros? Ni caso. Siempre con niñeras. Como mucho un beso al acostarnos, la noche que no tenía mejor cosa que hacer. No ha sido ni buena hija, ni buena esposa, ni buena madre. Una egoísta, eso es lo que mejor puede definirla.

—¡Luis Alberto! —gritaron las dos hermanas a la vez.

Remedios había nacido en el seno de una familia bien de Sevilla. Tenían campo, caballos, casa en el Puerto de Santa María y un Hispano-Suiza, uno de los primeros coches matriculados en Andalucía. Su padre, don Santiago Bobadilla y Cervantes, fue un empresario de éxito de principios del siglo XX. Su negocio más próspero fue el de las fábricas de harina, que llegaron a abastecer a la mayor parte de Andalucía y Extremadura. Pero también acrecentó su fortuna con negocios inmobiliarios, salinas, fábricas de salazón y muchas otras inversiones. Aunque era médico de profesión, nunca lo fue de vocación, y ya desde muy joven cambió la bata, a la que le había condenado su padre, por la corbata y la pajarita. Conoció muy joven a Lolita. Se la presentaron un sábado de feria. No era guapa, pero sí muy atractiva, y estaba agraciada con ese no se sabe qué que en aquella época garantizaba una buena vida a una muchacha. «Aquella noche, conocí a una diosa con un clavel en el pelo recogido en un moño, luciendo un traje de sevillana blanco con puntos rojos, que bailaba con un gracejo inigualable», le gustaba recordar a don Santiago en cuanto tenía oportunidad. Desde aquel día estuvo enamorado de ella, aunque eso no evitó que fuera asiduo de muchas casas de citas, algo que era sabido en toda la ciudad, excepto por su mujer, que o no lo sabía o no quería saberlo. Estuvieron mucho tiempo intentando traer un hijo al mundo, y después de haber pasado por varios doctores y numerosos tratamientos, cuando habían perdido toda esperanza, Lolita se quedó embarazada. Ya tenía cuarenta y un años, por lo que don Santiago se pasó seis meses insistiendo en que no saliera de casa e hiciera reposo. «Churri» —tal era su apelativo en la intimidad— «por favor, sabes a lo que nos arriesgamos, muévete lo menos posible». La niña nació el 8 de septiembre, día de la Virgen de los Remedios, algo que determinó su nombre, y quizás su destino, porque la vida siempre le proporcionó grandes soluciones. Sus padres se entregaron a ella, dedicándole todo su tiempo y esfuerzo. Y la niña creció malcriada, impertinente y poseída de un halo de superioridad que no le ha abandonado nunca. Al acabar el colegio, que superó con cierta dificultad, inició varios estudios y no acabó ninguno. Piano, alta costura, danza, Filología Clásica... Sus padres le animaban a que se matriculara, le pagaban profesores particulares, compraban todos los libros que les recomendaban..., pero a los pocos meses Remedios decía que aquello le aburría. Y a otra cosa, y a otro fracaso. Pero sus progenitores no cejaban, seguían pensando que su hija era la más lista, la más guapa y la que más valía para todo aquello que quisiera hacer. El día en que cumplió los veintiún años, sus padres le organizaron una gran fiesta. La niña no tenía muchas amigas, y aún menos amigos, y la familia era muy pequeña, pero sus padres invitaron a toda Sevilla. Vecinos, empleados de don Santiago, conocidos..., lo importante era que el teatro María Eugenia, que alquilaron para el evento, estuviera a reventar. Vinieron varios cuadros flamencos, dos orquestas, y hasta un mago y un humorista que amenizaron la velada. Remedios estaba radiante, era la gran protagonista, y todo el mundo se acercaba a decirle lo guapa que estaba. Y allí fue cuando se empezó a forjar la familia Ramírez Bobadilla.

Rafael Ramírez era un tipo apocado que trabajaba como contable en los negocios de don Santiago. No iba a ir a la fiesta, pero cuando el jefe dio una orden indirecta, diciendo que valoraría mucho que todos los empleados asistieran, tuvo que ir a la sastrería a hacerse un traje para la celebración. Estaba en una esquina del salón, fumando un habano y departiendo con compañeros del trabajo, cuando se acercó don Santiago con su hija. Casi se traga el puro del susto que le entró cuando vio venir a su jefe. «A ver, Rafael, aquí tienes a mi preciosa reina, ¿a qué es una belleza?». Al pobre hombre la vergüenza no le permitía levantar los ojos del suelo. «¡Pero mírala, hombre!». «Eso, que no muerdo…», dijo Remedios con desparpajo, al tiempo que le daba un golpecito en la cabeza con el abanico, que no paraba de mover. El hombre enrojeció hasta ponerse tan colorado como el vestido que llevaba la chica. «Mira, ya estáis a juego», y el padre se rio con tantas ganas que alrededor se hizo un silencio entre los invitados, que no sabían qué estaba ocurriendo. «Venga, Ramírez, acompañe a mi hija en el próximo baile». Aquello fue demasiado, el hombre tuvo que sujetarse a la silla porque sufrió un desvanecimiento. «Pero Rafael, ¿qué le pasa? ¿Se encuentra usted bien?». Se sentó y agachó la cabeza poniendo las manos en la nuca. «Lo siento, estoy un poco mareado». «Vaya birria de empleados tienes, papá», bromeó con torpeza la mujer. «Venga, vámonos a conocer más gente».

Después de aquello, quizás nunca más deberían haberse cruzado sus vidas, pero unas semanas después el contable tuvo que ir a casa de don Santiago para que le firmara unos documentos. Le abrió la doncella y le hizo pasar a una salita de espera. Pasaron unos minutos hasta que la sirvienta vino a recogerle para llevarle al despacho de su jefe, y el destino quiso que, justo en ese momento, bajara las escaleras Remedios. «Hombre, mira quién está por aquí, el empleado birrioso». Rafael sonrió seriamente. De repente la mujer resbaló con los zapatos de tacón, que luego explicó que tenían la suela nueva porque los estrenaba ese día, y fue dando trompicones escaleras abajo hasta llegar a los brazos de Rafael. Apenas fueron unos segundos, pero la mujer sintió algo. No amor, ni atracción, ni compasión… Simplemente supo que quería vivir con ese hombre porque le podía dominar. Le daría órdenes que acataría sin rechistar. Formarían una pareja feliz, en la que ella haría lo que le viniera en gana. Cuando se lo dijo a su padre, este no daba crédito. «¿Quien? ¿Rafael? ¿Que te quieres casar con él? Pero si es un don nadie, un pobre hombre que solo sabe de cuentas. Como le digo muchas veces, es como un burro, que solo sirve para cargar y abonar. ¡No es posible que te guste ese tipo!». «Papá, lo tengo decidido». Y así fue, en unos meses estaban ante el altar. Rafael se casó por aquello que los juristas llaman «miedo reverencial». Pero también pensó que ya nunca tendría que preocuparse por el dinero. Así que temor e interés se fundieron y acabó diciendo aquello de la fidelidad en la salud y en la enfermedad… Se fueron a Canarias de viaje de novios. Los dos llegaban vírgenes al matrimonio, y a la recién casada le sorprendieron gratamente las habilidades amatorias de su marido. Así que se pasaron casi toda la semana sin salir de la habitación del hotel. Allí engendraron a Santiago, y en pocos años fueron llegando los otros seis hijos. Los amigos de Rafael bromeaban con los clásicos apelativos que se usan en esos casos: picha brava, tigre de Bengala, rey de la cama… Y Remedios pasó unos años de cama, generando y reposando los embarazos. De los niños decidió no ocuparse, y fue contratando niñeras a medida que iban naciendo. Cuando su último hijo apenas contaba con diez años, fallecieron sus padres, primero don Santiago, de un infarto repentino, y a los pocos meses doña Lola, tras una penosa enfermedad.

Los hermanos decidieron concluir el primer asalto del debate y se sentaron a cenar las viandas que había preparado Rosa.

—Rosita, ¡que nos vamos a poner muy gordos! A ver qué nos traes…

Desde la cocina, aquello le recordó a su marido, «el triple gordo», nombre con el que se presentó el día que se conocieron. Ella se había fijado en él, vivían en el mismo barrio. Y aunque empezaron a salir juntos, estuvo semanas sin atreverse a preguntar por el motivo de su apodo, aunque, a decir verdad, pensó que era una broma, ya que entonces estaba extremadamente delgado. Fue la tarde en que se dieron el primer beso —lo recordaba como si hubiera sido ayer—, cuando Fidel, que era su verdadero nombre, le contó. A los dieciocho años había emigrado a Venezuela, donde encontró un trabajo de peón en una pequeña empresa de reformas. El patrón regaló a los obreros una participación en el sorteo más importante del país, conocido como el Triple Gordo, porque el agraciado recibía un apartamento, un coche y una renta vitalicia de cierta importancia. Fidel guardó el boleto dentro de un libro de cocina que se había encontrado por la calle, y que apiló con otros muchos objetos en la única estantería que tenía el pequeño cuarto que había alquilado. El hombre no se volvió a acordar de aquello, aunque en los noticieros de la televisión estuvieron semanas diciendo cuál había sido el boleto premiado —el 96969: era fácil de recordar—, mientras que todo el mundo comentaba con sorpresa que el ganador no aparecía, algo que jamás había ocurrido en la historia de aquel sorteo. Un año después, invitó a un amigo a comer a su casa, con la broma de que le iba a hacer un plato de gourmet. Mientras seguían la receta del libro, el amigo encontró el billete y se quedó anonadado. ¡Fidel, tú fuiste el ganador del Triple! ¡Y nunca lo cobraste! El premio había prescrito, así que el rumor de lo sucedido corrió como la pólvora, tanto, que hasta le buscaron reporteros para hacerle entrevistas, que Fidel siempre rechazó.

Rosa pensaba en las paradojas del destino. ¿Qué hubiera ocurrido si hubiese cobrado el premio? Nunca se habrían conocido, así que bendita la suerte. Las miserias que pasaron juntos, lo duro que tuvieron que trabajar, el día en que lo mataron… todo lo aceptaba por la oportunidad de haber amado profundamente al hombre de su vida.

Tras la cena, hubo desbandada general: «Me voy a la cama», «estoy agotado», «me muero de sueño» …

Noche del viernes

Solo Salva y Luis Alberto se quedaron en el salón.

—Luigi, estoy preocupado. Por mamá y por nosotros, se está desmoronando nuestro mundo.

—¡Luigi!, ¡qué gracia!, hacía siglos que nadie me llamaba así. ¿Te acuerdas que me lo pusiste por aquella película de gánsteres?, ¿cómo se llamaba?

—Te lo digo de verdad, esto es un desastre, nos encontramos en un naufragio, el barco se hunde.

—No exageres, hombre, tú siempre has sido un optimista convencido.

—Ya, pero no veo salida... No sé cómo ha podido ocurrir. Éramos unos hermanos muy unidos. Nos queríamos de verdad.

—La sangre no garantiza la sintonía. Hemos tomado caminos muy diferentes y estamos en mundos distantes. Tampoco pasa nada, a la hora de la verdad siempre estaremos ahí para ayudarnos.

—Precisamente eso es lo que ya dudo. Me parece que nos importa muy poco lo que nos ocurra. Han pasado cuatro años desde que coincidimos todos, y en el fondo nos da igual. Es inconcebible que eso suceda en una familia de siete hermanos.

Los dos sabían que Salva se había equivocado, pero ninguno lo quiso corregir.

Guadalupe se metió en la cama y sacó su cuaderno de la maleta. Llevaba escribiendo diarios desde hacía veinte años. Pensaba que era una buena terapia, y quizás, algún día, a alguien le serviría para algo.

23 de noviembre de 2010

Estamos en Las Mimosas. Al fin nos hemos reunido todos. El día ha ido regular. No existe ninguna química entre la mayoría de nosotros, solo nos une mamá y sus problemas. Salva nos ha expuesto la situación económica de nuestra madre: tenemos que vender la finca. Una auténtica pena, pero no hay otra solución. Va a ser terrible, ya me veo sacando los muebles del cortijo. Cuando se desmonta una librería, los libros lloran. Aquí van a rezumar lágrimas de cada rincón.

Volver aquí ha agitado mi conciencia. Dentro de estas paredes nos hemos reído, hemos llorado, peleado, jugado, hemos descubierto el sexo, el alcohol, la pasión… Nos hemos contado nuestros secretos, nuestras preocupaciones, nuestras ilusiones. De todo eso no queda nada y ello me genera una inmensa tristeza. Tengo la sensación permanente de que todos queremos resolver el problema e irnos cuanto antes. Volver a nuestro entorno, a donde cada uno se sienta más seguro. Y por encima sobrevuela constantemente Julio. ¡Cómo me acuerdo aquí de él! Seguro que encontraría alguna solución. Él era nuestra ligazón, el faro que nos guiaba. Julio, Julio, te quiero.

Martín se preparó un vaso de agua y lo puso sobre la mesilla. No le gustaba tener que levantarse en mitad de la noche. Aún sentía miedo en aquel cortijo. En la niñez pasó tanto pavor que aquellos recuerdos seguían escondidos en alguna parte de su cerebro. Se puso su pijama de lana y percibió la sensación de humedad de las sabanas que tan bien conocía. Santi le había dicho que tardaría un rato en acostarse, imaginó que estaría con sus abluciones. Sabía que no era el momento, ni el día más indicado, y a pesar de sentir cierto sentimiento de culpa, se masturbó. Se limpió con un pañuelo de papel y trató de conciliar el sueño. Martín se casó muy joven. Ni él ni Gabriela habían tenido pareja antes, así que descubrieron juntos el sexo. Pero los caracteres no eran demasiado compatibles. Él, muy fogoso, quería siempre. Ella, muy poco activa, respondía con alguna excusa. Las convicciones morales de Martín le prohibían plantearse una aventura, la infidelidad para él era algo imperdonable. Cuando nació Rodrigo, las relaciones empezaron a ser aún más esporádicas. Se daban un beso casto antes de dormirse y ahí terminaba la cosa. Martín tenía que buscar su vía de escape y el onanismo se incorporó a su rutina diaria. Solía hablarles a sus amigos sobre la elección de pareja: es puro azar. Aplicaba su mentalidad de ingeniero y decía: «¿Cuántas mujeres puedes conocer en tu vida a la hora de buscar tu compañera? ¿Cien? ¿Doscientas? ¿Qué clase de muestra estadística es esa, si consideramos la población femenina del mundo? Aunque solo lo centres en tu país, ¿cuántas creéis que hay en España acotándolo a una franja de edad de, por ejemplo, entre los 18 y los 25 años? Un día lo consulté en el Instituto Nacional de Estadística, y son, aproximadamente, ¡2,5 millones de mujeres! ¿Y conoces a unas cien? Claro, lo normal es errar el tiro… Y luego están los aspectos cualitativos de la elección: ¿por qué razón eliges?». Siempre había alguno que entonces decía: «Martín, no te equivoques, no eliges, a nosotros nos eligen». «Vale, me da igual, pero ¿por qué? Por ser guapo, simpático, rico, listo, educado… Las posibilidades de que ambos caracteres encajen son remotas. Después la pareja puede mantenerse o no, pero eso no tiene nada que ver con haber acertado en la elección. También perduraban los matrimonios concertados…». Con todo eso en la cabeza, acabó por dormirse.

Llevaba muchos años tomando ansiolíticos. Para Alicia, la vida era un continuo teatro, tenía que estar en un permanente estado de falsa felicidad, dando a entender a todos que el destino le sonreía. Pero la realidad delataba que su matrimonio era un desastre, no tenía ilusión por nada, sus hijos se habían borrado de su vida, se sentía vieja y fea…

Necesitaba cada vez mayor dosis de somnífero para poder dormir al menos unas horas. Se puso a llorar en silencio, con resignación, sin sentirse abatida. Estaba muy acostumbrada.

En mitad de la noche, Santi se despertó sobresaltado con una inquietante pesadilla. Su madre regentaba en Calcuta un restaurante de gran éxito, en el que los camareros eran Julio y él. La gente hacía cola para entrar, sobre todo para tomar su plato estrella: la tarta de limón, un postre que Remedios había aprendido de la abuela Lola. El sueño se fragmentaba para continuar con una escena de su madre en el lecho de muerte, susurrándoles que no quería que jamás sus hijos se pelearan por el negocio, y haciéndoles prometerle que siempre estarían juntos. El siguiente recuerdo se sitúa en un elegante salón, donde suena una voz que dice: «Se va a proceder a la apertura del testamento». Los dos hermanos escuchan cabizbajos al notario. «A mi hijo Santiago, le lego el restaurante, y a mi hijo Julio..., la receta de las tartas».

Se levantó para ir a la cocina, pensando que se había pasado con la cena...

Salva y Luis Alberto continuaban en el salón con sendos vasos de Macallan.

—¡Pero dónde vas a estas horas!, que tú ya estás mayor...

—Necesito beber, tengo el ceviche asomando por la garganta.

—Venga, siéntate un rato con nosotros, solo son las doce y media. ¿Te pongo una copa?

—¡Qué va!, agua, solo agua.

—Santi, estábamos hablando de nuestra ruptura, del fin de ese sentimiento de pertenencia a la familia que siempre nos había caracterizado. ¿Cómo te lo explicas?

—Sabéis que mi vida está a miles de kilómetros, quizás no soy el más indicado para analizar hechos, y aún menos sentimientos.

—Pues yo creo que sí. Precisamente por eso lo puedes ver de forma más objetiva.

—Como me lo pedís, os doy mi opinión, pero insisto en que creo que es la que menos vale. Durante años, casi desde antes de la adolescencia, Julio fue nuestro líder, nuestro equilibrio. No es casualidad que naciera el cuarto, justo en medio. Julio era el más inteligente, el más ingenioso, el que tocaba el piano o la guitarra en las fiestas, contaba los mejores chistes, planeaba los juegos familiares, nos daba buenos consejos. Fue quien nos mantuvo unidos. Sin embargo, su muerte es la causa de nuestra separación. Me cuesta reconocerlo, pero creo que es así. Cuando muere el guía, la manada se dispersa.

Los hermanos escuchaban pensativos, parecía que estaban recibiendo un sermón.

—Y no solo por el sentimiento de culpabilidad, que cada uno tendrá el suyo, también por el sentido de propiedad. Todos considerábamos a Julio como nuestro, y su muerte la sentimos como una pérdida individual. Nadie puede apropiarse de la muerte de un ser querido. Los padres sin su hijo, nosotros sin hermano, Teresa sin marido, Andrea sin padre. Creo que Teresa ha tenido mucho que ver en todo lo que ha pasado después. Puedo entender sus reproches y su sufrimiento, pero el nuestro no es menor. Es absurdo competir por el dolor. No tiene sentido categorizarlo, se siente y punto. Cada uno a su manera. ¿Sabéis cómo está?

—No, no tenemos contacto desde hace años. Un día la vi venir por la calle y se cruzó de acera. Odia a esta familia —aseveró Salva.

—Pues quizás este sea un buen objetivo para todos nosotros. Recuperarla. Necesitamos cosas que nos unan.

—Sí, pero no esa, Santi. No tengo ningún interés en reconciliarme con una persona que nos destrozó en el funeral. Fue un espanto, aún hay noches que sueño con aquello —dijo Luis Alberto.

—Tienes que ponerte en su lugar, hay que saber perdonar —a Santiago se le escapó ese gesto tan oriental de unir las manos y bajar la cabeza.

—Que no, Santi. Que estoy harto ya de tener que pasarme la vida poniéndome en el lugar de otro. ¿Y en el mío? ¿Quién se pone en el mío? —a Salva el alcohol le hizo perder el control del volumen de su voz.

—Chis, que vas a despertar a todo el mundo.

—¡A los demás no sé, pero a mí desde luego! ¿Qué ocurre? —Guadalupe apareció con un camisón hasta los pies y con los pelos alborotados.

—Nada, no pasa nada. ¡Menuda pinta llevas! ¡Pareces la de *La Casa de la Pradera*!

—Muy gracioso, Luis Alberto. En serio, ¿os estáis peleando?

—¡Que no, mujer, que tu hermano es un voceras! Ya sabes, efectos del whisky.

—Anda, ya que te has levantado, siéntate aquí con nosotros que Santi nos está dando un discurso interesante.

—Ya he acabado, así que hacedle un resumen que yo tengo que ir al baño.

—Me imagino que sabrás de qué hablamos…

—Pues no, ni idea —mintió Guadalupe.

—Estamos muy preocupados. Hemos perdido todo lo que éramos, somos hermanos porque lo pone en el libro de familia, pero en el fondo no nos importa nada a uno del otro.

—¿Os acordáis de la foto del libro de familia? ¡La pinta que tenía papá!, parecía Buddy Holly en la portada de *That'll be the Day*.

—Salva, venga, que estoy hablando en serio. ¿Sientes tú lo mismo, hermana?

Guadalupe tardó unos segundos en contestar.

—Claro, es evidente, nuestra llama se apagó. Cada uno ha elegido un camino y todos son divergentes. El tiempo nos coloca cada vez más lejos. Es tristísimo —a la mujer se le escaparon unas lágrimas que recorrieron con lentitud sus mejillas sin que se las secara.

—Hablé también con Martin de esto, y él lo ve de otra manera. Me dijo que la familia en España no se parece a la del norte de Europa. En Alemania, solo conviven hasta que los hijos se emancipan. Después, hasta luego, Lucas... se ven en bodas y entierros, y de vez en cuando hablan por teléfono. Él cree que hacia eso vamos y que en la siguiente generación será inevitable, entre otras cosas por la movilidad geográfica, cada uno vivirá en una punta del mundo. Martín ve esto con toda normalidad.

—Sí, Luis Alberto, es cierto que hay mucha diferencia entre las familias de los países mediterráneos y las de los anglosajones, pero a mí esas cuestiones sociológicas me la traen floja, yo estoy hablando de mi familia —gimoteó Guadalupe.

Santi le dio una palmadita cariñosa a su hermana y se situó en medio de la tertulia.

—Según los hindúes, la familia occidental se ha conformado desde el egoísmo. Allí el grupo es más importante que el individuo, las familias son muy extensas, las forman el patriarca y su mujer, y a ella se van añadiendo los hijos, sus parejas y los hijos de los hijos. Todos viven juntos y ponen sus ingresos en común. Los patriarcas son los responsables de administrarlos según su criterio.

—¿Así que las mujeres se van con sus maridos y pierden su familia?

—¡Ya saltó la feminista!

Guadalupe lanzó una mirada desafiante a Salva.

—De alguna manera sí, deja atrás la suya para incorporarse a una nueva.

—¡Vaya injusticia!

—Sí, estoy de acuerdo, pero hay que vivir allí para entenderlo. En todo caso, esto no es lo que quería resaltar. Lo que quiero decir es que en la India la familia es un núcleo muy fuerte, nada que ver con Europa. Y ese roce continuo hace el cariño. Hay un cuento que lo explica muy bien: existen dos clases de erizos, unos duermen juntos y otros separados. Los que duermen separados son como la familia occidental, no se molestan entre sí, pero pasan frio. Los que duermen juntos están calientes, pero se pinchan continuamente.

—Qué bonito, me gusta la metáfora.

—Pues nosotros debemos de ser erizos con pinchos puntiagudos —se rio Salva, pero nadie le siguió la broma.

—Quizás estamos dramatizando en exceso. La cuestión es si el simple hecho de tener la misma sangre tiene alguna implicación. Desde luego, en la mayoría de los animales, no. Hay un sentimiento muy fuerte de protección hacia los hijos, pero entre hermanos nada de nada. ¿Por qué tengo que llevarme bien con otra persona por la única razón de haber nacido de la misma barriga? Podemos tener los mismos o parecidos genes, ¿y qué? Se puede tener mucha más sintonía con un amigo, con el que compartes muchas más cosas. La familia es un camelo. Estoy de acuerdo con que nos tenemos que ayudar si alguien tiene un problema serio, pero ahí queda la cosa. Punto final. Lo bueno sería que entre hermanos te pudieras divorciar, como en los matrimonios. Si no te entiendes, se acabó, firmas un papel y ya no tienes hermano... —se rio tímidamente.

—Es muy triste lo que dices, Luis Alberto.

—Será lo que tú quieras, Guadalupe, pero piénsalo bien, eso es lo que hay.

Transcurrieron unos minutos en silencio, hasta que un ronquido de Salva lo rompió.

—Este ya está frito. Vámonos todos a la cama, que mañana tenemos que estar frescos.

Mañana del sábado

Muy temprano se empezó a oír trasteo de cacharros en la cocina. Y al rato, una conversación en voz queda, que Martín, despierto desde las siete, no era capaz de descifrar. Se vistió y bajó a averiguar quién era.

—Buenos días, señorito. Muy pronto se levanta usted.

—Hola, Rosa.

—Mire, este es Anselmo, el guarda de Valleverde.

Martín le escrutó en un segundo. Destacaba una banda cruzada con una chapa en la que se leía «VV». En décimas de segundo su cerebro le llevó a pensar que se trataba de la marca de coches alemana, pero enseguida concluyó que indicaba el nombre de la finca donde trabajaba. Era un tipo alto y musculoso, con la cara curtida por el sol y el viento, con aspecto jovial y dientes blancos y relucientes. Con un rápido movimiento se acercó para tenderle una mano recia.

—Buen día.

La cabeza de Martín seguía procesando datos y se preguntó por qué algunas personas, como él, decían «buenos días», y otras, en cambio, «buen día». Estaba convencido de que los primeros eran más urbanos, mientras que los del singular solían ser más rurales, más llanos, más de pueblo.

—Encantado. Así que Valleverde..., nunca habíamos oído hablar de esa finca, ¿dónde está?

—Muy cerca, en línea recta estamos a unos doce kilómetros.

A Martín no le gustaban las conversaciones vacías, así que cortó de forma seca, con un «pues ya nos veremos por aquí» muy poco comprometido, y salió al porche. Dos perros salieron a su encuentro moviendo la cola confiados.

—No hacen nada —se escuchó la voz de Anselmo desde la puerta.

Martín les tocó la cabeza y como un resorte aceleraron el movimiento del rabo.

—Uno es un mastín, el otro… como se dice por aquí, un *mil-leches.* Lo encontré en el campo, debía de venir con una rehala y se perdió. Estos pobres son los más agradecidos. ¿Es usted aficionado a la caza?

—No, antes sí éramos muy cazadores, pero… —Martín se dio cuenta de repente de que iba a hablar más de lo debido con un desconocido y cortó en seco. En todo caso, el guarda había oído hablar de aquella historia y trató de darle una salida.

—La verdad es que ya no hay nada. Recuerdo que de joven por todas estas fincas dabas una vuelta y te hacías con media docena de perdices y un montón de conejos en un pis pas. Ahora hay que sudarlas de lo lindo, y eso donde hay perdices de verdad, porque en casi todos los sitios son repobladas, de granja, como gallinas. No me extraña que haya colgado usted la escopeta.

—Sí —musitó Martín—. Bueno, me voy a ver cómo están los frutales.

—Este año viene muy seco, así que lo deben de estar pasando mal.

—Ya, bueno, hasta luego —Martín aceleró el paso para tomar distancia con el guarda. Le estaba resultando cargante.

Mientras pasaba revista a los naranjos y a los mandarinos, recordó que su padre los había traído de Lérida hacía veinte años. Fue justo debajo de uno de ellos donde picó el alacrán a Alicia. Ya entonces no era muy amante de los bichos, pero aquello acrecentó su odio a todo lo que tuviera patas. Estaban juntos buscando arañas con unos palitos, y a él se le ocurrió decir: «Vamos a levantar esta piedra a ver qué hay». Cada uno la agarró de un lado y al voltearse no le dio tiempo a quitar la mano. El escorpión fue rapidísimo y le clavó de lleno su aguijón. Los alaridos se pudieron oír en toda la región. Su padre la montó en el coche y salió corriendo al hospital comarcal. Fue un susto considerable. Cuando aparecieron al día siguiente, su padre comentó medio en broma medio en serio que «casi se nos va al otro barrio». Durante años su hermana tuvo que aguantar las chirigotas del resto: «El alacrán, el alacrán, el alacrán te va a picar». Y continuaban, «cómo mueve su patita», y todos a coro «sí, señor», «cómo mueve su colita», «sí, señor...», hasta que Alicia se ponía a llorar y entonces tenía que intervenir el padre.

—A los buenos días, hermano —apareció Santi.

—Buenas. Cuando me desperté ya no estabas, te estuve buscando por toda la casa...

—Me levanté antes del amanecer. He estado con mi meditación diaria.

—Pero ¿qué meditas tanto? ¿Cuánto tiempo estás?

—Depende, pero al menos una hora.

—Joder, ya no debes de saber en qué pensar.

—Nunca es suficiente. La reflexión es esencial para el ser humano, eso se aprende muy rápido en la India. Si todos lo hicieran, el mundo sería mucho mejor.

—Yo soy más de hacer que de pensar.

—Eso ya lo sé, Martín, es tu forma de ser, pero deberías intentar hacer algo de meditación.

—Un amigo me convenció para que fuera a una clase de yoga en Stuttgart. Fue un tostón espantoso.

—Hay que insistir, hermano... Quería hablar contigo de lo que propusiste del cuadro. Creo que tienes razón: por mucho que lleve años en la familia, no es más que un objeto que a nadie aporta nada. Está en una caja de seguridad, de vez en cuando lo cedemos a una exposición y punto. ¿Para qué nos sirve?

Aquel cuadro fue un encargo del abuelo Santiago al propio Joaquín Sorolla. En los primeros años del siglo XX, el pintor era un asiduo visitante de la ciudad hispalense. Se conocieron en una cena organizada por la Sociedad de Amigos de Sevilla, de la que don Santiago era presidente y uno de los principales benefactores. Aquel día Sorolla era el invitado de honor y fue sentado a su derecha. Aunque tenían caracteres muy diferentes, y se llevaban dieciocho años, desde aquel día se hicieron buenos amigos. Don Joaquín recibía amablemente las continuas chanzas del empresario —«Hay que ver lo mal que pinta usted, ¿de dónde saca esos colores que no existen?, eso lo hace cualquiera...»—, porque sabía que en el fondo era un gran admirador suyo. Don Santiago tenía sensibilidad para el arte y, aunque no tenía mano para el dibujo, se había iniciado en el mundo de la fotografía. Los dos tenían una cámara Kodak y salieron juntos varias veces a retratar la ciudad.

Una tarde, tomaban unos vinos en casa de don Santiago. Hacía calor, pero bajo la parra del patio se soportaba.

—Me tiene que pintar un cuadro.

—Uy, Bobadilla, pues se va a tener que poner a la cola. Tengo mucho trabajo.

—Pero bueno, ¿es que yo soy un cualquiera? ¿Es que no somos camaradas?

—Que sí, hombre, pero tengo compromisos que he de respetar. Presumo de ser un hombre serio.

—Deme una fecha.

—No puedo, la inspiración no entiende de tiempos.

—Hablamos en un mes y me confirma.

—Y dale.

—Ya me conoce, soy insistente, conque no cejaré…

—¿Y qué quiere que le pinte?

—Había pensado que me gustaría tener un retrato de mí mujer.

—Los retratos son muy peligrosos, muestran la subjetividad del artista ante un rostro, y no tiene por qué coincidir con la percepción que el propio retratado tiene de uno mismo. Preferiría otra cosa. A ella no le iba a gustar.

Don Santiago le miró levantando las cejas por encima de sus gafas en una mueca de sorpresa forzada.

—¡Cuando se pone usted el uniforme de valenciano es tremendo! ¿Pero entonces Clotilde qué le ha dicho? Porque a su mujer la ha retratado en varias ocasiones…

—Pues eso.

—Ya…

—Se lo digo en serio, otro tema mejor.

—Lo pienso. De todas formas, lo hablaré con Lola.

—Es usted un testarudo de categoría.

A las pocas semanas los amigos se encontraban paseando por los jardines del Alcázar.

—¿Ya tiene claro su voto para el 8 de mayo?

—Santiago, ya sabe que no me interesa la política, pero habrá que votar a alguien…

—Pues siga mi consejo, España necesita un liberal como Canalejas. Le conozco y es un gran hombre. Maura es puro humo, y del resto no hace falta ni hablar.

—Qué liante es usted, Bobadilla.

—Ah, ya he decidido lo del cuadro.

—Dígame.

—Bailaoras gitanas en la Taberna de la Chata. Vamos una de estas noches y me lo pinta. ¿Qué me dice?

—Mmm. Puede ser —y se quedó un rato pensando—. Ya imagino luz, color, pasión, gente…, captar el instante, la búsqueda de lo efímero…

—¡Formidable! ¿Para cuándo entonces?

—Bobadillaaaaa, es usted un auténtico pelma.

Una mañana don Santiago recibió un paquete voluminoso. Sabía lo que era, así que lo abrió de inmediato. El cuadro mostraba el revuelo de varios trajes de flamenca en un tablao. Se distinguía a dos gitanas en un primer plano con mantones y faldas entalladas, adornadas con faralaes. Los pliegues de las telas de popelín en colores rojos y verdes daban al conjunto una viveza extraordinaria. Abajo, algunos hombres con sombreros andaluces daban palmas en la penumbra. La pieza se completaba con unas guirnaldas de colores que evocaban un ambiente festivo. En el ángulo inferior derecho estaba la firma: «J. Sorolla. 1910». Era una pintura magnífica. Don Santiago corrió al escritorio para redactar una nota para el artista, que aún conservan los Ramírez Bobadilla, pues se la devolvieron los hijos del pintor cuando este falleció:

Mi muy querido Joaquín, acabo de recibir el cuadro y aún estoy vibrando de emoción. Tiene luz, tiene misterio, tiene arrebato. Te transporta a ese mundo mágico del flamenco que entendemos tan bien los andaluces. ¡Vaya con el valenciano! Muchas gracias. Me ha hecho usted feliz. Suyo siempre. Santiago Bobadilla.

En la familia siempre se ha creído que por la pintura se pagaron cincuenta mil pesetas de la época, pero nadie sabe realmente si fue así. El cuadro estuvo muchos años presidiendo el salón de la casa de don Santiago en Sevilla, lo heredó su hija y continuó allí, hasta que Remedios se vino a Madrid y lo colgó en el comedor de la calle Velázquez. Unos años después, por motivos de seguridad, la familia decidió que lo custodiara una empresa especializada en obras de arte.

—Santi, me alegro de que lo veas como yo. Cuando lo propuse ayer lo hice con miedo, pensando que era una cuestión tabú, pero no hay duda de que es la menos mala de las soluciones. Ahora solo nos queda convencer a dos más para ser mayoría.

—Con los años llegas a valorar lo que realmente importa. ¿Has leído el libro de Erich Fromm, *Del tener al ser*?

—No, ¿de qué va?

—Habla del arte de vivir, cuyos pilares son el amor, la razón y la actividad productiva. Es la metafísica de la superación del yo. El tener es algo que se consume con el uso, al ser le ocurre lo contrario, crece al cultivarlo.

A Martín no le interesaba mucho la filosofía, así que cortó con un brusco «volvamos al cortijo, ya se habrán levantado algunos».

—¿Has visto al guarda que estaba con Rosa? —dijo Martín mientras caminaban.

—Sí, le he saludado.

—Me ha recordado un poco a aquel hombre que estuvo trabajando en la finca.

—¿A Sufrido? Sí, tiene un aire —confirmó Santi.

—¿Te acuerdas de que su nombre verdadero era Sigfrido, pero que todo el mundo en el pueblo le llamaba Sufrido porque decían que era más corto? —se rio Martín, secundado por su hermano.

—Menudo elemento era —dijo Martín—, recuerdo varias anécdotas increíbles. El día que cuando llegamos a la finca le dijo a papá: «Señorito, le voy a regalar una vara de avellano que he cogido en la sierra la semana pasada que había luna llena, ya verá que le durará muchos años dura y flexible». Fue a la cocina a por el palo, papá le dio las gracias y, cuando lo vimos bien en el salón, nos dimos cuenta de que ponía «Recuerdo de Plasencia».

Volvieron a soltar carcajadas, y ahora le tocó a Santi:

—¿Y lo de los huevos? «Señorita Remedios, aquí tiene una docena de huevos que acabo de coger, más frescos imposibles». Y luego resultó que tenían impreso «Huevos Pascual».

No podían parar de reír, y así, muertos de risa, llegaron a la puerta de la casa. En la cocina estaban las dos hermanas hablando con Rosa.

—*Good morning* por la mañana —bromeó Salva.

—Anda, si pensábamos que estabais todos dormidos...

—Qué va: yo con mi horario alemán, y aquí el amigo con sus meditaciones, llevamos ya horas despiertos.

Guadalupe se levantó del taburete y dio un beso a cada uno.

—Uy, qué amores.

—Nunca he entendido por qué en nuestra familia no nos damos apenas besos. Y cuando lo hacemos, es como de cumplido.

—Lupe, de cumplido no, porque entonces no sería un beso, sino dos. No deja de ser curioso que se den más besos cuando es algo formal. En algunas culturas hasta tres. Pero son besos al aire, que apenas rozan la mejilla. A mí eso me parece una estupidez, para eso es mejor darnos la mano como en Alemania.

—¿Y en la India?

—No, allí no existen los besos. Juntamos las palmas de las manos y nos saludamos con el *namasté*.

—Sin duda mucho mejor que los malditos besos de mentira.

—Ay, Martín, cada día eres más seco. Pues como me llamo Guadalupe que a partir de hoy cada vez que os vea os voy a plantar un besazo a cada uno.

—Pues como haga lo mismo Alicia va a ir dejándonos barra de labios por todos los lados.

—Muy graciosito.

—¿Cuál es el plan?

—Habrá que ver qué dice Salva.

—Buenas, aquí estoy.

Guadalupe se levantó para empezar a cumplir su promesa.

—Vaya cariños... Lo primero es desayunar, os he traído un aceite de arbequina que está impresionante.

A la media hora los seis hermanos estaban sentados a la mesa, charlando animadamente.

—¿Os acordáis de los desayunos cuando éramos pequeños? Casi se solapaban con la comida.

—Sí, qué divertido. Recuerdo partidas interminables de El Palé y del juego de comprar y vender acciones, ¿cómo se llamaba?

—La Bolsa.

—¡Qué bueno!

—¿Y La Gran Cacería? Jabalí, 15; Ciervo, 20; Perdiz, 3; Urraca, 1.

Los hermanos fueron completando las puntuaciones, se las sabían todos de memoria: Corzo, 14; Faisán, 5; Pato, 4; Conejo, 6...

Después de algunas risas, se quedaron callados mirando sus tazas. Todos pensaban en lo mismo, pero nadie dijo nada durante unos segundos.

—Bueno, chavales, que se nos va la mañana. A ver qué os parece el programa. Nos vestimos, y nos vamos al pueblo. Tenemos que comprar pan —propuso Salva.

—Sí, el candeal de la panadería de Pili está buenísimo —ratificó Santi.

—Yo quiero comprar miel, y Carlos me ha pedido que le lleve embutido. A ver si encuentro patatera y morcilla de calabaza.

—Luego podemos acercarnos a Tres Arroyos a ver a los tíos —sugirió Salva.

—Yo no pienso. El tío Antonio está muerto para mí. No voy a volver a verle en mi vida.

—Ni yo, no quiero saber nada.

—Luis Alberto, Guadalupe, ¡fue un accidente! No podemos culparle para siempre. ¿Y qué me decís de la pobre tía Pepita? ¿Qué tiene que ver ella? Nos quiere muchísimo, nos ha criado como si fuéramos sus hijos.

—Que cada uno haga lo que quiera. Yo no voy —cerró Luis Alberto.

A media mañana Santi, Alicia, Martín y Salva abrían el portalón de la finca. Mientras aparcaban la *pickup* en la empalizada, salió su tía saludando con los brazos abiertos.

—¡Qué alegría! ¡Mis niños! ¿Pero cómo no habéis avisado? Por Dios, mirad qué pinta tengo, estaba pelando judías.

—Pasad, pasad.

—¿Y el tío Antonio?

—Está dando de comer a los caballos, voy a avisarle. Pero sentaos en la chimenea que hace frío.

Los hermanos pasaron al salón y se quedaron de pie.

—¡Hola, sobrinos! ¡Qué bien que hayáis venido! No tenía ni idea de que estabais en Las Mimosas.

—¿Qué tal, tío Antonio?, estamos todos los hermanos.

—¿Y ese milagro? No me dijo nada vuestra madre.

—Mamá está cada vez más olvidadiza.

—¿Ha venido también ella?

—No.

—¿Y los otros dos?

—Están en el pueblo, tenían que hacer unos recados.

La excusa sonó más falsa que los abrazos que se acababan de dar.

—Niños, contadme, ¿cómo os va la vida?

—Uy, tía Pepita, a mí fenomenal. Tenemos una casa estupenda en Aravaca, otra en Marbella, un barco, viajamos por todo el mundo, los negocios de Carlos van viento en popa. La vida nos sonríe.

Alicia parecía un anuncio de Coca-Cola, solo le faltó subirse a la mesa y hacer un baile ridículo, como los de las películas musicales.

—¿Y tú, Santi? Has cambiado mucho…

—Todo bien.

—¿Tus hijos?

—Creciendo en paz.

—Salva, de ti sé algunas cosas, me lo cuentan en el pueblo.

—Ah, pues no sé qué se dirá —dijo un tanto incómodo.

Martín se adelantó para ahorrarse comentarios sobre él:

—Yo sigo en Alemania, y me temo que por mucho tiempo. Todo razonablemente bien.

—Y vosotros, ¿cómo andáis?

—Ya sabes, con achaques de viejos. Sobre todo vuestro tío, todo el día se está quejando…

—¡Pepa!

La conversación caminó por los derroteros obligados de una relación gélida entre tíos y sobrinos, todo de puntillas, sin entrar en ningún detalle.

A la media hora, Salva consideró que ya habían cumplido.

—Nos tenemos que ir, vienen unos amigos a comer y tenemos que preparar la barbacoa —mintió sin pudor.

—Ya, qué pena, tenemos que vernos más, para mí sois como hijos.

—Claro que sí, tía.

Cuando llegaron a la finca, Guadalupe y Luis Alberto estaban sentados en el porche.

—¡Esto sí que ha sido la visita del médico!

—Al menos hemos ido, Luigi, y nos lo han agradecido mucho.

—¿A qué hora comemos?

—Rosa me ha dicho que sobre las dos ya tiene preparada la comida. Hoy producto nacional, cocido.

Sonaron varias alabanzas a la propuesta.

—Si os parece, sobre las cinco seguimos con la reunión —dijo Salva dirigiéndose a la leñera.

Ante esta segunda parte del orden del día, no hubo tanto entusiasmo.

Santi y Martín lo habían ido hablando en el asiento de atrás del coche. Tenían que buscar más adeptos. Decidieron asaltar a Guadalupe.

Martín se la llevó a dar un paseo, quería consultarle un tema personal. A los hermanos, aquello les pareció extraño, ¿«un tema personal»?

—Uy, qué raro suena eso —dijo Alicia con guasa—. Me parece que la cosa va de mujeres —y como lo creía de veras, en el fondo sintió celos de que no fuera ella la asesora.

Martín y Guadalupe llegaron a la encina donde su padre les había instalado unos columpios. Estaban hechos con tablas de madera, y aún seguían colgados. Se sentaron con cuidado, las cuerdas desgastadas no parecían muy fiables.

—¿Te acuerdas? —Guadalupe se dio impulso para balancearse.

—Ten cuidado, se va a romper cualquier día. Llevan décadas a la intemperie.

Durante unos minutos los dos hermanos callaron para acumular recuerdos en su mente. De repente estaban terminando de almorzar, era el mes de abril de 1966 y en Madrid hacía un día estupendo, con un sol radiante que entraba con fuerza por los tres ventanales del comedor.

Remedios cogió una cuchara e hizo sonar la copa de vino.

—¡Atención, niños! Vuestro padre y yo os queremos dar una noticia importante.

Alicia pensó en un nuevo hermano. Martín, que les anunciaban su divorcio. Luis Alberto, que llevaba años diciendo que quería ir a un crucero, que por fin se iba a cumplir su sueño. Santi, que iban a ir a comer a Segovia un cordero, era su pasión. Julio se subió a la silla y cogió el cucharón y una botella para hacer más ruido. Los más pequeños aún no tenían criterio para imaginar nada, solo escuchaban expectantes, con los ojos muy abiertos.

—¡Silencio! ¡Silencio! Nos hemos comprado una finca en el pueblo del tío Antonio.

Alicia pensó en coger el teléfono para contárselo a todas sus amigas. Martín que vaya tontería, que a él no le gustaba el campo. Para el resto fue un jarro de agua fría. Santi, que tenía entonces quince años, fue el único que se atrevió a decir: «¿Una finca? ¿Y para qué queremos una finca?».

—Niños, mis años más felices los pasé con vuestros abuelos en el campo de Sevilla, y he pensado que a vosotros también os va a encantar tener un refugio familiar. Tiene un cortijo muy antiguo, que habrá que arreglar, pero la finca es preciosa.

Los chavales se miraron entre sí, sin saber muy bien qué decir. Ninguno había estado en una finca en su vida.

—¿Y qué es un cortijo? —dijo Guadalupe con ingenuidad.

Todos explotaron en risas.

—Bueno, ya lo veras, el domingo iremos a conocerla.

El día amaneció con tormenta. Rafael llevaba el Renault 5 y Remedios el Seat 1430 familiar. Era un viaje largo, había que recorrer más de doscientos kilómetros por la carretera de Extremadura; subir Miravete y luego coger una estrecha carretera durante más de una hora. Todos preferían ir con el padre, porque su madre no paraba nunca. Ni para hacer pis; ni si tenías sed; ni siquiera si te mareabas y tenías que vomitar, para eso siempre llevaba bolsas de plástico.

Habían quedado en encontrarse en la plaza del pueblo. Remedios estaba desesperada.

—¡Qué lento es vuestro padre! Santi, a ver si cumples pronto los dieciocho y conduces tú. Es insufrible.

Al fin se vio al Renault doblar la esquina.

—¡Aleluya! —gritó Remedios por la ventanilla—. ¡Eres un pesado! Venga, sígueme que llevamos aquí horas esperando —exageró.

En la entrada del camino había un portalón destartalado con un cartel de madera que decía «Las Mimosas».

Guadalupe pensó que sería en su honor. Su padre siempre le decía que era una mimosa, pero enseguida se desengañó.

—¿Sabéis qué es una mimosa? —la madre no dio tiempo a que nadie respondiera—: Un árbol que da unas flores amarillas preciosas, ya veréis...

La casa estaba bastante deteriorada.

—Los muros y el tejado, que es lo más importante, están en buen estado —dijo su padre dando palmadas a las paredes de la entrada. Los más pequeños le imitaron inmediatamente. Abrieron la puerta con esfuerzo, la madera se había hinchado y el padre tuvo que cargar con el hombro. Estaba completamente oscuro.

—Rafael, ¿tienes una cerilla? —preguntó Remedios.

Santiago y Martin estuvieron a punto de meter la pata; ambos fumaban en secreto y claro que tenían cerillas.

Mientras el padre se rebuscaba en los bolsillos, todos notaron una ráfaga de viento y algo que pasaba rozando sus cabezas.

—¡Papá! ¡Mamá! —dijo Guadalupe lloriqueando.

—Joder —se le escapó al padre—. ¡Vaya susto!

Todos se apiñaron en una esquina. Al fin, con la ayuda de la cerilla, consiguieron abrir una ventana. Y ahí estaba el misterio.

—¿Qué es eso? ¡Vaya bicho!

Un pájaro blanco con grandes ojos los miraba, tan sorprendido como ellos, desde lo alto de una lámpara.

—Anda, es una lechuza —dijo Santi, que la había visto en algún libro de animales.

—¿Por dónde habrá entrado? —preguntó Rafael, esto está cerrado a cal y canto...

—Por la chimenea, seguro, no puede ser por otro sitio —respondió su hijo Salva.

Sacar al pájaro de la casa fue una odisea, porque no había manera de que diera con la puerta o con las tres ventanas del salón, que abrieron de par en par.

A Julio se le ocurrió una idea.

—Papá, vamos a taparla con algo, ya verás cómo así la cogemos. Voy al coche a por mi jersey.

—Mejor coge una manta, hay una en el maletero.

El plan resultó perfecto. Echaron la manta por encima y el pájaro se quedó tranquilo.

—¡Cuidado con las garras! ¡Tiene uñas afiladísimas!

La envolvieron con cuidado y al fin la sacaron fuera. La escena del ave volando hacia su libertad, haciendo recortes con las alas, fue recordada por todos durante mucho tiempo.

Mientras hacían las obras de restauración, la familia iba a la finca durante el día, y se quedaban a dormir en una pensión del pueblo. Fue en aquellas semanas cuando su padre hizo, con sus propias manos, el cenador de madera, la pajarera y los columpios donde ahora estaban hablando los hermanos.

—¿Qué tal?

—Santi, vete a meditar por ahí, que Martín quiere consultarme un asunto personal.

—Guadalupe, se puede quedar. En realidad es algo que te queremos plantear los dos.

La hermana miró muy sorprendida, y solo acertó a decir «ah bueno…».

—Es en relación al tema del dinero de mamá, lo hemos estado hablando y creemos que vender el cuadro es lo mejor.

Guadalupe guardó silencio esperando justificaciones.

—Desprendernos de esta finca sería una catástrofe, aquí hay mucho de nuestras vidas.

—Sí, las partes mejores, pero también el espanto de lo de Julio. Venderla nos puede servir para enterrar el pasado —dijo la hermana con gesto grave.

—Nunca podremos olvidar eso, la vendamos o no, y sin embargo mantenerla será lo mejor para mamá y para todos nosotros.

—¿Pero cuánto tiempo llevábamos sin venir? Salvo Salva, aquí no viene ni su puta madre.

—Guadalupeeeee, tranquilidad —replicó Santi moviendo las dos manos de arriba abajo.

—No sé, yo veo que ninguna de las dos cosas nos vale para nada, pero al menos el cuadro es un cierto emblema familiar. Lo pintó Joaquín Sorolla para el abuelo y eso es algo absolutamente exclusivo.

—También lo es Las Mimosas —aseguró Martín—, ¿o acaso no consideras que es una parte de la familia?

—No estoy segura. Hay que pensarlo muy bien.

—No hay tiempo, tenemos que decidirlo este fin de semana.

—¡Pero si estáis aquí! ¿Recordando los viejos columpios? —apareció en escena Salva.

Los tres se pusieron en pie de un salto, como si les hubiera pillado copiando un profesor en el colegio.

—Sí. Vamos, que sí... Estábamos hablando de la tía Pepita...

—Venga, cortad el rollo y vamos a comer ese gran cocido de Rosa.

Tarde del sábado

Tras la copiosa comida, cada hermano se buscó un rincón para dormitar la siesta.

A las cinco en punto, todos estaban clavados ante la chimenea. Salva tomó la palabra.

—Y bien, parece entonces que decidimos vender la finca. Para ir ganando tiempo, había pedido esta tasación —Salva abrió una carpeta y exhibió un documento en el que se podía leer «Tasavalor».

—Algunos no lo tenemos tan claro —habló Martín.

Salva giró la cabeza y le miró con un semblante muy serio.

—¿Ah sí?, no me digas, ¿y qué propones entonces?

—El cuadro.

Santi saltó rápido:

—Yo también creo que lo mejor es vender el cuadro.

—¿Y eso? Ayer lo habíamos acordado.

—No, Salva —terció Guadalupe—, no decidimos nada. Yo tengo muchas dudas, tenemos que analizarlo bien.

—¡Joder!, vaya capullos… —se le escapó a Salva.

—¡Tío, sin insultar! No te pases que la tenemos…

Se creó un silencio que se podía cortar.

—¿Y vosotros qué decís? —dijo Salva dirigiéndose a los dos hermanos que no habían hablado.

—Yo tengo claro que el cuadro no, pero tampoco quiero vender la finca.

—Ay, Alicia, siempre aportando grandes ideas —se escuchó a Martín mientras se levantaba a atizar el fuego.

La mujer sonrió, sin saber muy bien si aquello era un piropo.

Solo quedaba escuchar la opinión de Luis Alberto, que tardó unos segundos en pronunciarse ante la mirada del resto.

—Mejor vender Las Mimosas. Supone un gasto importante mantenerla y, además, yo creo que se va a revalorizar menos que la pintura. Estamos en plena crisis y la gente busca valores-refugio, como el oro o el arte.

—Precisamente por eso. Es absurdo vender una propiedad inmobiliaria durante la mayor crisis económica de España. Los precios están por los suelos y vamos a malvender —aseguró Martín.

—También estará más bajo el precio de los cuadros, ¿no? —preguntó inocente Guadalupe.

Nadie contestó.

—¿Y si buscamos a alguien que nos asesore?

—Santi, eso me parece un insulto. Llevo más de veinte años dedicado a los negocios. He creado más de doce empresas de diversos sectores, entre ellas varias inmobiliarias, ¿y me dices que no te fías de mí? —Salva se levantó y se señaló a sí mismo con el dedo índice.

—No es eso, hermano, me refiero a alguien experto en arte —salió Santi por donde pudo.

—Creo que es el momento de votar —dijo Martín desde la chimenea y de espaldas a todos.

—¿Votar? ¿Así que creéis que esto es una cuestión de votar? Unos tipos como vosotros, que no tienen ni puta idea de negocios. Un santón indio, un ingeniero, una modista, un arquitecto y una...

—Salva, eres un verdadero estúpido y ya me estás cargando de verdad. ¿Te crees muy listo porque tus padres te lo han dicho toda la vida? ¿Solo porque eres el pequeño y has sido un niño mimado? Tus negocios..., pero si todos han sido una ruina. ¡Venga ya, chaval!

Salva se fue hacia Martín y le empujó violentamente, mientras le insultaba con grandes voces.

Los hermanos se levantaron para separarles.

—Alto, alto —gritó Guadalupe con todas sus fuerzas—. ¿Qué os pasa, joder? ¡Me cago en la puta! ¡Somos hermanos, coño!

Nadie dijo nada durante unos segundos, y todos se volvieron a sentar.

—Rosa, no pasa nada —dijo Santi cuando la vio en la puerta del salón paralizada.

—Ah, me había asustado el vocerío —y se volvió a su cocina.

—Vamos a tranquilizarnos y seguimos hablando después —propuso Guadalupe—. ¿Quién quiere un pitillo?

Los seis hermanos se levantaron y salieron en todas las direcciones, como cuando se azuza un avispero.

Al cabo de un rato se habían creado grupos. Santi y Martín volvieron al salón; Luis Alberto y Guadalupe hablaban en el poche; Alicia se metió en su cuarto y se echó sobre la cama a llorar. Salva cogió un bastón y se fue camino adelante, hacia la cancela de la entrada, con el móvil en la mano.

A la media hora todo el grupo se fue juntando de nuevo al calor de la lumbre, salvo Salva, que seguía ausente.

—Aprovechemos ahora para hablar sosegadamente, que Salva tiene la rara capacidad de generar tensión a su alrededor en segundos —dijo Martín—. Yo creo que lo razonable es que lo decida la mayoría, no tenemos por qué estar de acuerdo, y al final lo lógico es que nadie imponga su criterio.

Se escucharon síes y «me parece bien», pero Alicia dijo algo que a todos sorprendió.

—Vale, pero si es así, también tendrá que votar mamá, ¿no?

—Pues sí, tiene razón Alicia, mamá también tiene algo que decir en todo esto —ratificó Luis Alberto.

—Muy bien, pero mamá no está aquí, ya sabéis por culpa de quién…

—Martíííííín, por favor, ya vale —dijo Guadalupe con cara de estar pidiendo socorro.

—Se me ocurre que, como somos siete para tomar la decisión y ahora solo estamos seis, votemos, y si cuatro o más optan por la misma alternativa, ya no será necesario que mamá opine.

—Muy bien, Luis Alberto, hay ahí mucho sentido común —bromeó Santi.

—Pues hagamos eso, a ver qué dice Salva.

Estuvieron un rato charlando, esperando al que faltaba. La tarde caía y la luz se iba haciendo más tenue, pero nadie se levantó para pulsar el interruptor.

Ya casi de noche, sonó la puerta. Todos se callaron y se pusieron en tensión.

—Salva, ¿dónde te habías metido? —Lupe se levantó y le agarró por la nuca para darle un beso, que él rechazó con un movimiento de cuello.

—Supongo que ya habréis decidido sin mí —dijo con voz cavernosa, mostrando reproche, y a la vez amargura.

—No hemos resuelto nada, hermano, te estábamos esperando —Martín trató de rebajar la tirantez utilizando un tono familiar.

—¿Y bien?

—Pero siéntate, Salva, no te vas a quedar ahí solo de pie —le pidió Alicia.

—Aquí estoy muy bien. Me tenéis en ascuas.

—Así no podemos hacer nada, ¿es que no podemos hablar como gente civilizada? ¿Tan difícil es pensar que somos hermanos y que lo que queremos es lo mejor para todos? Aquí nadie quiere hacer daño a nadie y confiamos unos en otros. Os pido por favor que dejemos de reñir y nos comportemos como lo que somos, una familia.

—Muy bonito tu discurso, Guadalupe. Gracias por el intento, pero todos sabemos lo que somos.

—Salva, por favor —Guadalupe cerró los ojos y entrelazó sus dedos en señal de súplica.

—Venga, Salva, todos estamos de acuerdo en que lo mejor es votar y respetar la decisión de la mayoría. Eso no significa que no confiemos en ti, en mi caso yo votaré lo que tú digas —manifestó Luis Alberto desconcertando al resto.

—De acuerdo, pero entonces que el voto sea secreto —aceptó Salva.

—No entiendo por qué. En una decisión familiar, ¿voto anónimo? —cuestionó Martín.

—Qué más da —dijo Guadalupe—, lo importante es desbloquear esto.

—Ya hago yo los papelitos —se levantó Alicia con un salto.

Santi explicó lo que ya habían hablado:

—En caso de empate a tres, habrá que pedir la opinión a mamá para que decida.

—¿A mamá? —dijo Salva, y se rio sonora y forzadamente—. A mamá..., eso sí que es bueno... —y soltó otra risotada—. Estáis como una cabra...

—Aquí tengo las tiras de papel. Hay solo un bolígrafo, nos lo vamos pasando.

Cada hermano fue anotando su voto y haciendo una bolita con el papel.

—Podéis ir echándolas en esta bolsa de plástico —Alicia fue acercándose a cada hermano ofreciendo la bolsa, algo que le recordó a cuando pedía en la parroquia para el Domund.

—Venga, a contar —Alicia echó las papeletas sobre la mesa, le encantaba ese tipo de cosas, y por un momento se olvidó de la trascendencia que tenía aquello. A ver... primer voto para Las Mimosas; otro más; uno para el cuadro; y otro, así que empate a dos. ¡Qué emoción!

Algunos hermanos esbozaron una sonrisa, ¡hay que ver cómo era Alicia!

—Otro para el cuadro, así que tres a dos; y el último…, anda, en el último no pone nada.

—Voto en blanco.

—Ah, no sabía que se podía —dijo ingenuamente la que estaba haciendo el escrutinio.

—Pues está claro, vendemos el cuadro —dijo Martín con una risita de satisfacción.

—De eso nada, ¿y mamá? ¿No tenía que votar mamá?

—Anda, Salva, ahora sí te parece bien que ella vote, y hace un minuto te estabas descojonando.

—Es cierto, falta su voto —sentenció Santi.

—¿Y qué hacemos?

—Habrá que llamarla por teléfono.

—Sí, claro, y explicarle que está sin blanca y que tiene que vender su patrimonio. ¡Estamos hablando de nuestra madre! —dijo Martín enojado—. Eso es imposible.

—Tiempo muerto —dijo Guadalupe—. Vamos a fumar un cigarro y volvemos en diez minutos.

Martín se quedó solo durante un momento pensando mientras hacía soplar al fuelle. ¿Quién habrá votado en blanco? Los contrarios parecían claros, Salva y Luis Alberto; y los suyos también, Santi y él. Conque la cosa estaba entre las dos mujeres. A Alicia le sorprendió que hubiera un voto en blanco, y ella no tiene capacidad para disimular tan bien. Así que es el de Guadalupe, ¡será tonta!

Salió a buscarla, pero estaba hablando con Salva en un aparte. Seguro que había llegado a la misma conclusión. Desde la distancia veía cómo su hermano gesticulaba, le tocaba el brazo, le daba una palmadita en la cara. Se la estaba intentando ganar.

Volvieron al debate.

Otra vez fue Salva el que inició la discusión:

—Para intentar desbloquear, propongo que hagamos una nueva votación para ver si, a la vista del resultado, alguien decide cambiar su posición.

Será cabrón, pensó Martín. La ha convencido.

—Perfecto —dijo Alicia—, ¡volvemos a votar! —y se levantó de nuevo con entusiasmo para hacer más tiras de papel.

—Yo no estoy de acuerdo, ya está votado.

—A mí también me parece absurdo, Martín, pero hacemos lo que queráis... —dijo Luis Alberto.

—Pues vamos a votar primero si hay que volver a votar —dijo Alicia, convencida de que su idea era genial.

—¡Esto es la leche! ¿Nos estamos volviendo locos o qué?

—Martín, pero no te enfades, no pasa nada. Yo era la del voto en blanco y voy a cambiar mi voto.

Todos miraron a Guadalupe con sorpresa.

—¡Vamos a ello! —repartió Alicia de nuevo el material para el sufragio.

Martín volvió a escribir en la papeleta y se levantó visiblemente irritado. Sacó del cajón del aparador su móvil y lo encendió.

—Mimosas, cuadro, finca, cuadro, cuadro; y el último... ¡cuadro! —dijo Alicia, gritando como si aquello fuera un concurso de la televisión.

Salva gritó enfurecido a Guadalupe:

—¡Pero tú de que vas!

—Asunto zanjado —volvió Martin al medio del salón.

—No sabéis la alegría que me dais —dijo Santi abrazando a una de las columnas de madera de roble que soportaban la estructura—. ¡Os quedáis con nosotros!

Salva pegó una patada a las herramientas de la chimenea, y la pala, el atizador, el fuelle, la escobilla y las tenazas salieron volando con estruendo.

—¡Iros todos a tomar por culo! —chilló, y salió enfurecido hacia el garaje.

Tras el silencio se oyó arrancar un coche.

—Oye, ¡que este se va! —gritó Alicia preocupada.

Salva llegó hasta el pueblo, entró en el supermercado y pidió una botella de Ballantines. Estuvo un par de horas dentro del coche bebiéndose su angustia. Las dudas le asaltaban, tendría que decírselo a sus hermanos, pero no podía faltar a su palabra. Jamás se lo perdonaría.

Noche del sábado

Eran cerca de las nueve y Salva no había vuelto. Rosa les había llamado para cenar, pero era consciente de que las cosas no iban bien, así que había sido prudente, diciendo «ya está la cena, pero no hay prisa, cuando ustedes quieran…».

—Salva no puede ponerse así porque no se haga lo que él diga. Me parece que se lo toma como un ataque personal… —dijo Guadalupe consternada.

—¡Tú tienes la culpa! —dijo Martín riéndose.

—No me hace gracia, he votado lo que considero mejor para todos. Es lo único que me preocupa, que sigamos siendo una familia.

—Ya me lo explicarás un día…

—Es muy sencillo, no quería meter a mamá en el ajo. Ya tenemos bastante entre nosotros. Sabía que Salva la presionaría.

De repente sonó un coche tocando la bocina y un frenazo exagerado. Todos se abalanzaron a la puerta. Salva traía una botella en la mano y se trastabillaba en la grava del camino.

—¡Hola, hermanitos! ¡Aquí estoy! ¿Creíais que no iba a volver? ¡Claro que sí! ¡Aquí tenéis al cabrón de vuestro hermano!

Guadalupe se acercó a ayudarle.

—¡Tú quita! ¡Cerda!

Martín hizo ademan de ir a por él, pero Santi le sujetó por la cintura.

Salva hizo un grotesco baile delante de ellos y entró en la casa cantando a gritos entrecortados el himno del Real Madrid: «Hala Madrid, Hala Madrid...».

—¡Rosa! ¡A comer! ¡Que tenemos hambre!

La cena transcurrió con el tintineo de los cubiertos y las parcas palabras de pásame el vino, ¿quieres más ensalada? o alcánzame el pan. Solo hablaba Salva, diciendo boberías y llenándose la copa continuamente. Todos querían acabar lo antes posible y meterse en las habitaciones para que terminara ese aciago día.

A los postres Salva, inesperadamente, se puso serio.

—Tengo que deciros algo importante.

—Déjalo —dijo Luis Alberto, mañana será otro día.

—No, os lo voy a decir ahora. Se le quebró la voz y se puso a llorar con amargura.

—¡Pero Salva! —exclamaron al unísono las mujeres, y se levantaron a consolarle.

—Dejadme, soy un canalla, soy un auténtico miserable —se le entendía con dificultad por el llanto y la boca pastosa del alcohol.

Los hermanos se miraban entre ellos buscando posibles explicaciones.

De repente Salva se serenó unos segundos y dijo con claridad:

—Hace tres años vendí el cuadro.

—¿Qué? ¿Cómo?

Guadalupe pegó un grito y se tapó la boca con las dos manos.

—No podía pagar mis deudas, estaba acorralado, necesitaba el dinero y esperaba recuperarlo con la nueva promoción inmobiliaria, pero se ha ido todo a la mierda...

—Eres un hijo de puta —se levantó Martín y le cogió por el cuello de la camisa.

—¡Quieto! ¡Martín, para! —pero su furia hizo que empujara la silla y Salva cayera con estrepito al suelo. Quedó unos segundos boca arriba, como un insecto dado la vuelta, hasta que le ayudaron a incorporarse.

—Porque no estamos solos, ¡que si no te juro que te mato! —bramó Martín.

Santi preguntó al resto:

—¿Cómo lo ha podido vender sin contar con nosotros?

El propio Salva, con las manos en la cabeza y mirando al mantel, dijo entre sollozos:

—Me disteis un poder hace años para vender las acciones que le quedaban a mamá, yo aproveché para hacerlo amplio y así gestionar todos sus bienes.

—Eso fue hace más de tres años, ¿ya entonces planeabas engañarnos? —inquirió Luis Alberto.

—No, créeme que eso lo hice con buena intención, para no estar molestándoos.

—Sí, claro, ¿y por qué no nos lo dijiste? ¡Cabrón! —dijo Martín pegando un puñetazo a la mesa.

El silencio solo lo rompían los sollozos de Salva, a los que se habían unido los de las dos mujeres. A Luis Alberto también se le escapaban algunas lágrimas, que enjugaba con la servilleta.

Rosa escuchaba detrás de la puerta sin saber qué hacer. No entendía aquellas palabras: poderes, acciones, patrimonio o tasaciones, pero sabía que lo que estaba ocurriendo era el fin de aquella familia a la que tanto quería.

—¿Y te has dilapidado todo el dinero? —preguntó Martín con acritud.

¡Solo sonó un rotundo «sí» y un sonoro «¡joder!» como respuesta.

De repente Salva se levantó apresuradamente gritando «¡el baño!, ¡el baño!», pero no llegó a tiempo y vomitó en la esquina del salón.

—¡Qué asco! —Martín se tapó los ojos.

La imagen de Salva era la de un guiñapo, una piltrafa acurrucada llorando con la cara llena de vómito. Guadalupe le alcanzó un par de servilletas.

—Anda, límpiate, vamos a la cama. Por favor, ayudadme.

Entre Luis Alberto y ella lo subieron a la habitación, le quitaron los zapatos y le acostaron vestido, arropándolo con una manta.

Al bajar todos seguían en el mismo sitio.

—Vamos a quitar la mesa.

En ese momento apareció Rosa:

—Ya recojo yo.

—Venga, a la cama, mañana hablamos —dijo Guadalupe.

—No creo que nadie pueda dormir. Yo salgo a ver si las estrellas me tranquilizan —dijo Santi cogiendo su abrigo del perchero de la entrada.

Todos fueron tras él. Durante un rato la conversación se evadió de lo que acababa de suceder.

—Siempre me ha fascinado pensar que algunas son solo luces que ahora nos llegan, pero que en realidad ya no existen. Eso demuestra lo frágiles que son nuestros sentidos.

—Pues sí que te has puesto poético, Santi, no sé cómo puedes... —dijo Martín.

—Ya sabéis lo que dijo Niebuhr: «Señor, concédeme serenidad para aceptar lo que no puedo cambiar; fortaleza para cambiar lo que soy capaz de cambiar; e inteligencia para entender la diferencia».

—Pues no sé quién era ese tío, pero parece un trabalenguas —dijo Alicia.

—Menuda chorrada—Martin hizo un gesto de desaprobación.

—Deberías considerarlo, es un «compatriota» tuyo.

—No, si al final voy a tener que conocer a todos los alemanes...

Todos rieron, un tanto nerviosos todavía.

—Aplicaos el cuento, y pensad en esa oración. Creo que nos viene al pelo —dijo Santi.

—Sí, claro que sí —dijo Guadalupe mirando al cielo, tratando de transmitir calma.

Por la esquina del porche aparecieron dos gatos. Santi les llamó: Pspsps. Los felinos maullaron sin atreverse a acercarse.

—¿Sabéis que en el antiguo Egipto *miu* quería decir «gato»?

—Ya está el erudito de los cojones —soltó Guadalupe entre risas.

—No les toques, seguro que tienen tiña —dijo Alicia con una mueca de asco.

Luis Alberto recordó aquel día. Nunca se lo contó a nadie, pero le impresionó que su hermano fuera tan cruel. Colocaba unos platitos con leche para atraerlos y desde el alféizar de una ventana apoyaba la escopeta de aire comprimido. «La de 5,5 hace más daño», le dijo, y les disparaba sin piedad. Los pobres bichos huían mal heridos, mientras Julio les daba voces: «Toma ya, cabrón», y se reía a carcajadas.

Tras un buen rato en silencio, poco a poco se fueron yendo a acostar.

En la cama Martín se movía inquieto, sin poderse dormir. Aunque lo había pensado muchas veces, ahora estaba más convencido que nunca de que lo mejor es que se muriera cuanto antes... Sí, era su propia madre, pero no se avergonzaba de sentirlo. Desde muy niño ya se dio cuenta de lo poco que le interesaban sus hijos, tenía que ocuparse de ellos y eso era un incordio, ella tenía muchas cosas que hacer... Menos mal que siempre estuvo su padre. A él sí le había querido... Si su madre se fuera a la tumba, podrían repartir la herencia y que cada uno hiciera con el dinero lo que quisiera. Por supuesto que Salva no vería un euro, ya sabía a qué abogado iba a contratar, a ese no se la metían doblada... Le gustaría comprarse una casa en Alemania, y echar definitivamente allí raíces. Pero de momento las cosas eran de otra manera y mañana tendrían que decidir qué hacer. No había muchas alternativas.

Luis Alberto miró de nuevo el teléfono. Empezaba a desesperarse, llevaba toda la tarde llamando a Sergio y no le contestaba. ¿Pasará algo? Era un celoso, no tenía ningún problema en reconocerlo, y también un enamoradizo. Llevaba dos años con Sergio y desde hacía tres meses vivían juntos. Seguro que estaba en alguna fiesta, no se fiaba de sus amigos, alguno podría aprovechar su ausencia. Quería contarle todo lo que estaba pasando con su familia, le necesitaba. Sergio tenía cinco años más que él, había estado casado con una mujer y tenía dos hijos que vivían fuera y de los que jamás hablaba. Siempre le daba buenos consejos, le transmitía serenidad. Nueva llamada, que no obtuvo respuesta, y nuevo mensaje. «Sergio, por favor, llámame, necesito hablar contigo, por aquí las cosas andan muy mal. Te quiero».

Guadalupe sacó su diario:

Hoy ha sido uno de los días más tristes de mi vida. Salva vendió hace tiempo el cuadro de la familia y se ha quedado con el dinero. Nos ha engañado a todos y como se ha visto acorralado no ha tenido más remedio que confesarlo. Definitivamente tenemos que vender la finca. Es el fin de lo que alguna vez fuimos…

No pudo seguir escribiendo porque se puso a llorar como una magdalena.

Mañana del domingo

Cerca de las nueve, casi todos desayunaban en el comedor. Solo faltaban Salva y Alicia.

Salva oía desde la cama el ruido de los cubiertos, apenas se escuchaban voces. Llevaba un rato despierto y no sabía qué hacer. La cabeza le estallaba, debía tomarse un ibuprofeno, seguro que alguien había traído. Quizás Rosa, tan previsora, y que andaba siempre con migrañas. Pero no se atrevía a bajar y enfrentase con sus hermanos. ¿Qué les podía decir? Bajo las mantas se sentía protegido.

—¡Buenos días, marmota! —Alicia apareció con la cara desencajada.

—Hola, ¡uy, qué tarde es! —dijo mirando el reloj—. He dormido como un tronco —mintió. A las tres de la mañana había tenido que tomarse un segundo somnífero y ahora le pasaba factura.

—¿Hasta qué hora os podéis quedar? —preguntó Guadalupe.

—Mi avión sale a las cinco, así que yo me marcho sobre las doce.

—Yo, igual que Martín, tengo que estar pronto en Zaragoza —Luis Alberto miró de soslayo el móvil con un movimiento reflejo, en busca de noticias.

—Habrá que despertar a Salva, ¿no? —preguntó Alicia, sirviéndose una taza de café.

Nadie levantó los ojos del plato. Solo habló Guadalupe:

—Bueno, aún es pronto, déjale dormir.

Cuando la conversación empezaba a fluir, de repente sonaron unos golpes en la aldaba de la puerta.

—¿Quién será? —preguntó Alicia con cara de susto.

Martín se levantó a abrir pensando que sería el pesado del guarda, el tal Anselmo que había venido el día anterior.

—Buenos días, Martín.

—Hooola..., tío Antonio —acertó a decir sin poder disimular su extrañeza—. ¿Qué haces aquí? —le soltó de sopetón.

—Vengo a hablar con vosotros.

—Ah..., pasa, pasa.

Los hermanos lo habían oído y se quedaron paralizados en sus sitios.

—Hola a todos. No os mováis, que aún estáis desayunando. Yo me levanté a las seis y ya pronto tengo que almorzar... —trató de bromear.

—Siéntate, tío —dijo Alicia—. ¿Quieres un café? ¿Y tía Pepita?

—No, gracias. No viene, tenía cosas que hacer —la excusó sin lograrlo.

—Falta Salva, ¿dónde anda?

—Está dormido, ayer nos acostamos tarde y le pegamos al vino. Ahora bajará.

Salva aprovechó para vestirse como una exhalación y bajó sin pasar por el baño.

—¡Vaya pelos! —dijo Guadalupe.

—Buenos días a todos. Perdonad, es que... —no encontró nada más que decir.

—Hola, Salva, acabo de llegar.

—Hola, tío Antonio.

—No os voy a quitar mucho tiempo. Llevo años tratando de encontrar una oportunidad de hablar con vosotros y, al saber que hoy estabais aquí, he querido venir pronto, no sea que alguno se tuviera que ir. Quiero hablaros del accidente.

Aunque todos lo habían imaginado nada más verle entrar, aquello era lo que faltaba en ese funesto fin de semana.

Martín y Luis Alberto habían estado presentes aquel 1 de noviembre. Habían quedado con tío Antonio a las siete y media en la entrada de la finca. Se traería a Sisi, pues, aunque ya tenía años, continuaba con unos vientos extraordinarios. También cazarían con Manchita, una perrita nueva que prometía. Eran cuatro, así que harían una buena mano: con la temporada avanzada, las perdices ya estaban resabiadas. Tendrían que sacarlas de los barbechos e irlas conduciendo al monte para tratar de hacerlas volar a tiro.

A Julio le gustaba ir de punta, le llamaban en broma *maraton man* porque se le veía correr por las laderas como un poseso. A su izquierda se colocó Martín y por los llanos irían tío Antonio y Luis Alberto.

Estuvieron pateando toda la finca y a media mañana ya habían conseguido una buena percha de perdices, conejos y alguna liebre. Cuando se acercaban al arroyo a tomar el taco, arrancaron tres azulones, que tumbaron entre Julio y Martín. El último de un tiro en la cruz con el pato «hablando con Dios», como dijo tío Antonio al felicitar a Julio por su gran disparo. Él estaba muy fallón, y sus sobrinos se dieron cuenta y se burlaban de él: «Joder, tío, no le pegas un tiro a un cerro; los años no perdonan, estás hecho un carcamal...». La realidad es que por la noche no había dormido apenas, dándole vueltas a la situación de la fábrica. La competencia china le estaba haciendo trizas; las ventas estaban en caída libre y los bancos empezaban a darle la espalda. Tendría que cerrar y despedir a todos sus empleados...

Tras el taco y después de haberle dado unos buenos tragos a la bota, tío Antonio quiso dar una cabezada tumbado sobre la hierba, el sol de invierno lucía con fuerza e invitaba a un receso. Pero los chavales, entonces jóvenes y con buenas piernas, no le dejaron. «Venga, tío, no seas vago, vamos a dar la última mano al Regato de la Cierva. A estas horas tienen que estar ahí metidas, esos jarales son muy querenciosos». «Joder con los niños, vais a acabar conmigo, ayudadme a levantarme». Los hermanos se reían divertidos.

Se subieron a la *pickup*. Julio conducía, el tío iba de copiloto, los otros dos se colocaron en el asiento trasero, y perros, morrales, cananas y escopetas se amontonaban en la caja del auto. Había bastante barro de las lluvias caídas en los días anteriores y la camioneta patinaba en cada curva, mientras los jóvenes jaleaban cada derrape, «¡vaaaamos que nos vamos!», «¡dale, Carlos Sainz!». Antonio trató de dormir unos minutos, pero los vaivenes eran tales que se daba continuos cabezazos con la ventanilla. «Soooo, más despacio», acertaba a decir.

Llegaron a la mancha y se bajaron con el cachondeo metido en el cuerpo. Los dos de atrás seguían con las bromas. «Me estoy meando», dijo Martín. «Venga, que picha española nunca mea sola», le secundó Luis Alberto.

«Vamos, tío, mueve el culo», dijo Julio con sorna, y esas fueron las últimas palabras que pronunció en su vida. Cuando el tío apenas había puesto un pie en tierra, sonó un estampido terrible que heló las venas a todos. Fue un segundo de desconcierto en el que nadie sabía muy bien qué había ocurrido. La escena era dantesca: un disparo le había destrozado la cabeza. El cuerpo de Julio se había desplazado unos metros, yacía con los brazos abiertos y aún movía las piernas. El impacto le había volado media cara.

—Tío Antonio, me parece que no es un buen momento para hablar de Julio, tenemos que resolver unos problemas familiares muy serios y ahora no podemos... —dijo Martín.

—Solo serán cinco minutos, os debo una explicación. Sé que no me lo habéis perdonado y no me lo perdonareis nunca, pero para mí es importante. Todos sabéis lo que pasó aquel día. El maldito descuido de meter la escopeta cargada en el coche, algo que jamás, os lo juro, jamás en mi vida me había ocurrido. La mala suerte de que ese día me tuviera que llevar la antigua paralela de mi abuelo, porque mi Beretta me la había pedido prestada un amigo. Julio debió de coger el arma por el cañón, tampoco entiendo por qué no la dejé mirando para adelante. El gatillo se enganchó con algo, y el seguro debió de fallar. Os prometo que no hay día, ni minuto, ni segundo, que no me acuerde de vuestro hermano, de su risa contagiosa, de sus ganas de vivir. Ojalá hubiera cogido yo la escopeta y me hubiera ocurrido a mí. Ojalá. Ojalá.

El anciano se echó las manos a la cara y se derrumbó llorando como un chiquillo. Nadie reaccionó. Todos lloraban, ninguno acertaba a decir nada. Santi se levantó y puso la mano en el hombro de su tío.

—Ya, ya, no le demos más vueltas. Tenemos que convivir con esto. Vamos a dejarlo, por favor.

Martín, por el contrario, continuó:

—Sí, tío, tú estás muy triste, pero sigues con tu vida. ¡A nosotros nos la destrozaste para siempre! ¡Y a Andrea! ¡Huérfana con apenas tres años! ¿Quién le devuelve a su padre?

—Lo siento, lo siento muchísimo —decía Antonio entre llantos—. Traté de ayudarlas todo lo que pude, pero Teresa no me habla y hace tiempo que no puedo contactar con ellas. ¡Lo siento!

—¡Ya vale! —dijo Luis Alberto sollozando. Era una de las pocas ocasiones en que le veían tan firme. Se colocó a medio metro de Martin y dando un fuerte alarido gritó—: ¡Se acabóóó, coño!

Las chicas acompañaron a su tío a la puerta, Guadalupe, por primera vez en doce años, le dio un beso diciéndole:

—Gracias, gracias por venir.

Tío Antonio arrancó su coche y condujo hasta la valla de madera que rodeaba el cortijo de Las Mimosas. Nada más cruzar la puerta, se echó a un lado del camino. Las lágrimas no le dejaban ver y necesitaba un respiro para poder continuar. Aunque el accidente le torturaba a diario, haberse enfrentado al trago de hablar con sus sobrinos había sido muy duro. Las imágenes y las conversaciones se atropellaban en su cabeza. El cuerpo de Julio tendido sobre las jaras en una postura imposible, y después el funeral, la investigación policial… Tuvo que ir a declarar varias veces al cuartel. Una mañana vinieron dos guardias civiles a su casa. Buenos días, ¿es usted Antonio Reviriego? Hicieron muchas preguntas, las mismas que ya había respondido en las ocasiones anteriores. De quién era la escopeta; si le funcionaba el seguro; si consideraba normal haberla dejado cargada dentro de un vehículo; que si pensaba que haber colocado el arma mirando hacia fuera había sido una imprudencia; que si tenía buena relación con el fallecido; que si había visto cómo había sido exactamente el accidente… Todo aquello lo entendía, pero le resultaba muy incómodo. ¿Acaso podían sospechar que él había pegado un tiro a su sobrino para volarle la cabeza? Fueron semanas de volver una y otra vez a lo ocurrido. Les hicieron ir a todos por separado al lugar donde «sucedieron los hechos». Indique, por favor, dónde aparcaron la camioneta; dónde estaba usted y dónde los otros dos chicos; relate con precisión lo acaecido, si es posible segundo a segundo; señale el lugar exacto donde estaba el cuerpo… Volver a recordar cada instante fue un auténtico suplicio. Llegó a pensar que aquella investigación se estaba extralimitando, aunque quizás fuera habitual. En varias ocasiones preguntó a los agentes: «¿Hay algo que no les encaja?», «¿sospechan de algo?», «¿por qué damos tantas vueltas a lo mismo?». Y las respuestas fueron vagas. Tranquilo, señor Reviriego. Es nuestro trabajo. No se preocupe y colabore todo lo que le sea posible. También preguntaron sobre las relaciones entre los hermanos. Si había algún problema entre ellos. Cómo se llevaban con la mujer del fallecido. Si era una familia unida... Habían oído algo sobre lo ocurrido en el funeral. ¿Nos puede relatar lo que sucedió? Si no le importa, descríbanos también el entierro. Tómese su tiempo, señor Reviriego.

—Aquel día amaneció gris, como si el sol no quisiera participar en aquella terrible ceremonia. La familia había estado velando a Julio hasta medianoche, nos despedimos con abrazos y cada uno se retiró a intentar dormir unas horas. A pesar del orfidal que me había dado mi mujer, no logré conciliar el sueño ni un minuto. Nos encontramos sobre las diez en el tanatorio. Apenas hubo palabras. Llantos, sollozos, pañuelos, voces quedas... Todo fue rápido y frío, como el día. El cementerio del pueblo es pequeño y funcional, sin ningún exceso, solo hileras de tumbas bien ordenadas. No sé por qué mi prima Remedios se empeñó en enterrarle, todos hubiéramos preferido la cremación. «Así podemos venir de vez en cuando a ponerle unas flores», fue toda su explicación. Recuerdo bien el rostro de Andrea. Mostraba el desconcierto de todos nosotros. Su edad no le permitía manifestar tristeza, era pura perplejidad. ¿Dónde estaba su padre? ¿Muerto? Pero ¿volvería pronto?...

Antonio se ahogaba, y de vez en cuando tenía que ir al baño a sonarse y lavarse la cara. «Lo sentimos, señor Reviriego, no tenemos más remedio que hacerle pasar por eso, pero no hay ninguna prisa», repetían los guardias. «¿Algo más, entonces, del entierro?»; Antonio, con las manos en la cara, no contestó.

De acuerdo, pasamos entonces al funeral. Fue en Madrid, ¿no? Sí, a la semana siguiente, en la iglesia de los Dolores. Mi prima conoce al párroco. ¿Su sobrino era religioso? Aquella pregunta le pareció fuera de lugar, y Antonio, entonces, estalló. ¿Y a ustedes qué coño les importa eso? ¿Quizás van a echar la culpa al demonio? Señor Reviriego, por favor, de verdad que lo sentimos. Simplemente era para tener más información del difunto. Venga, serénese. Continúe, por favor. Al funeral vino muchísima gente. Toda la familia, incluso los que viven fuera. Vinieron desde Estados Unidos, de México, de Bruselas, en fin..., todos. También estaban sus compañeros de la universidad, del colegio, vecinos... Julio tenía muchos amigos. La mujer de Julio... Teresa, ¿verdad?, interrumpió el guardia civil, Teresa Martínez Rocamador, leyó en su cuaderno. Pues supongo, los apellidos no los recuerdo. Siga, siga. Decía que Teresa no quiso sentarse en los bancos reservados para la familia y se colocó con su hija, sus padres y su hermano en el otro lado de la iglesia. ¿Sabe usted por qué? Antonio los miró con cara de estar molesto de nuevo, y rápidamente el guardia corrigió. Perdone, don Antonio, prosiga. Todo fue normal, si es que se puede calificar como «normal» una situación así de triste. Alguno de los hermanos dijo unas palabras, ¿verdad? ¿Recuerda quién? Sí, Santi, el mayor. El que vive en la India, ¿no? Sí, y Guadalupe, la pequeña. ¿Dijeron algo que le llamara la atención? ¡Qué coño iban a decir! Que estaban destrozados, como lo estábamos todos, y que su hermano había sido una persona excepcional. Tras unos segundos de silencio, Antonio continuó.

Decía que todo transcurría con normalidad, hasta que la familia se colocó en línea a esperar las condolencias de los asistentes. De repente, Teresa se acercó y empezó a gritar fuera de sí. ¡Vosotros tenéis la culpa! ¡Os odio y os odiaré toda mi vida! Todo el mundo se quedó paralizado, sin saber qué hacer. Santi se acercó a intentar calmarla. ¡Déjame! ¡Falsos!, eso es lo que sois todos los Ramírez, unos falsos, que solo os interesa aparentar. Taparlo todo, para que parezca que sois una familia ejemplar. No quiero volver a veros en mi vida, y ¡olvidaos para siempre de esta niña!, y todas las cabezas se giraron hacia Andrea. Como ella, afortunadamente, no entendía nada, se limitó a sonreír como si le acabaran de dar una mención de honor en el colegio. Fue tremendo. Antonio cogió el pañuelo y se sonó de nuevo con estruendo. Entró entonces Pepita en el salón con un vaso de agua. ¿Quieren ustedes algo? ¿Un café? No, gracias, señora, estamos bien. Le queríamos pedir que, si no tiene inconveniente, cuando acabemos le podríamos hacer también unas preguntas. Sí, claro, no hay problema. Gracias, señora, nosotros le avisamos.

¿Y qué sucedió después? Nada, Teresa salió con su familia sin despedirse de nadie. Cuando dijo que querían ustedes taparlo todo, ¿a qué se refería? No tengo la menor idea. ¿Ha hablado usted sobre esto con sus sobrinos? No. ¿Y lo hará? Pues no lo sé, la relación con ellos es inexistente. Me consideran culpable de la muerte de su hermano. Y es verdad que lo soy, pero yo…, es que…, y empezó a sollozar tan fuerte que uno de los guardias se levantó para tocarle el hombro. Tranquilo, don Antonio, cálmese. Puede retirarse, hemos acabado. Por favor, avise a su mujer.

Doña Josefa Huertas Alonso. Es correcto, ¿no? Para servirles. Usted estuvo en el entierro y el funeral de Julio Ramírez, ¿no es así? Sí, imposible olvidar aquello. ¿Qué relación tiene usted con sus sobrinos? Para mí son como los hijos que no he podido tener. Se criaron con nosotros en la finca. Los quiero muchísimo. ¿Pero no vivían en Madrid? Sí, pero se compraron un cortijo muy cerca del nuestro y venían todos los fines de semana. Son unos chicos estupendos. Ya nos ha contado su marido lo que ocurrió en el funeral, ¿tiene alguna explicación sobre el comportamiento de la viuda? A mí Teresa nunca me gustó. Desde el principio quiso apropiarse de Julio y separarlo de la familia. Es una persona de esas que no inspiran confianza. Siempre tan seria, muy difícil verla ni siquiera medio sonreír. No tengo nada contra ella, pero Julio tuvo mala suerte con Teresa. Sobre lo que nos gritó en la iglesia, no tengo la menor idea. Yo creo que estaba trastornada, no sabía muy bien lo que decía, aunque lo cierto es que después ha cumplido, y nunca ha intentado volver a dirigirse a nosotros. ¿Vio usted al fallecido en los días anteriores del accidente? Sí, le vi dos días antes, hicimos una paella en Las Mimosas. Julio había venido a pasar el puente de Todos los Santos con sus hermanos. Querían ir de caza y pasar el fin de semana juntos. Teresa y la niña no vinieron, a ella no le gusta el campo. ¿Pasó algo especial ese día que pudiera contarnos? Nada. Nos reímos mucho, y lo pasamos muy bien. Pepita no quiso contar lo que vio. Había comido demasiado y quería dar un paseo para bajar el arroz. Al volver pasó por detrás de la casa, quería ver cómo estaba la catalpa que ella misma había sembrado unos años atrás. La ventana de uno de los baños tenía abierta una rendija. No sabía por qué, tuvo el impulso de asomarse. Ella era una persona discreta, pero algo intuyó. Julio estaba con una pajita en la mano, absorbiendo unos polvos blancos por la nariz. No tenía mucha idea de qué era aquello, pero le dio malas vibraciones, y no se lo contó nunca a nadie. Los guardias civiles se despidieron del matrimonio dándoles las gracias y diciendo que ojalá no tuvieran que volver a molestarles.

Alicia estaba preocupada por que pudieran interrogarle —«Qué horror, como si yo fuera una delincuente»—, así que convenció a su marido para que averiguara qué estaba ocurriendo. Carlos preguntó a un amigo que era comandante de la Guardia Civil y a los tres días recibió su llamada: «Parece un asunto feo. Tráfico de drogas. Estamos viendo si ha podido haber un ajuste de cuentas. Por ahora no sé mucho más, ya te iré diciendo». Carlos se quedó estupefacto, y su mujer aún más. No se lo podían creer. Seguro que era un error, así que lo mejor sería no contárselo a nadie.

También interrogaron a los otros dos hermanos presentes en el accidente. A Martín todas aquellas preguntas le revolvieron el pasado y recordó durante días la etapa en la que estuvo tan unido a Julio. Durante su juventud fue un mujeriego contumaz. Su verborrea fácil y su cara de niño indefenso le franqueaban con facilidad la puerta de las chicas. Hasta que apareció Teresa. La conoció en una fiesta de fin del verano en el Johnny, como entonces llamaban al colegio mayor San Juan Evangelista. Tocaban varios grupos de la Movida y la sala estaba a reventar. Julio no le quitó ojo en toda la noche. Era una mujer pelirroja, con una espléndida figura, ojos claros y movimientos gráciles. Estaba con un tipo con cara de pocos amigos y ella no paraba de bailar a su alrededor. Estudió sus movimientos, sus gestos, alguna palabra leída en sus labios. Se acababa el tiempo y necesitaba alguna buena excusa para acercarse a ella. Y apareció. De lejos vio cómo se le acercaba un bigardo de dos metros y le daba dos besos. Se fue directo.

—Hombre, ¿qué tal estás? ¡Cuánto tiempo! —le extendió la mano para chocarla en alto y aquel tipo le siguió el juego.

—Muy bien, ¿qué tal tú? —se quedaron un segundo sin hablar, y Julio tomó la iniciativa. Primero tendió una mano fría al aburrido acompañante, y después dio un sonoro beso sonoro a la chica en cada mejilla, que contestó con una amplia sonrisa, diciendo: «Yo soy Teresa».

Ya había logrado introducirse en el mismo corazón del objetivo, ahora tenía que pensar muy rápido cómo continuar. Y hubo suerte. El aburrido dijo que iba a por otra copa y el bigardo se excusó, tenía que saludar a no sé quién que le hacía señas. Se quedó solo con ella. Apenas fueron cinco minutos, suficientes para que Julio desplegara toda su estrategia y obtuviera alguna información fundamental. Ella estudiaba Farmacia; vivía en el colegio mayor Nuestra Señora de África; su madre era irlandesa, de ahí su color de pelo; le encantaba la música en directo... Y ahí fue por donde Julio entró a matar.

—¿Te vienes al concierto de Nacha Pop? —tocan el sábado en el Rockola, yo consigo las entradas. Creo que es a las diez, ¿te recojo a las nueve y nos tomamos algo antes?

Asunto cerrado, y justo a tiempo: ya veía cómo volvía su pareja con dos copas, así que se esfumó, con un «pues hasta el sábado, Teresa».

—¿Quién era esa zanahoria? —le preguntaron divertidos sus amigos, que le habían observado desde la distancia.

Julio y Teresa encajaron bien desde el primer momento. Los dos tuvieron claro que aquello debían tomárselo con calma, arrastraban historias fallidas y ninguno se quiso tomar muy en serio la que ahora vivían. Pero se fueron enamorando, sin darse cuenta. Hasta que un día Teresa confesó a una amiga que era la primera vez que había conocido a alguien que le hacía sentir un escalofrío con solo rozarla. «Es más», confesó, «simplemente con que piense en él...». «Ay, Tere», se mofó la amiga, «estás perdida. Con lo que has sido tú con los hombres...», y se reía sin poder parar.

A los pocos meses de estar juntos, se toparon con Martín por la Universitaria. La pareja iba tan agarrada que les costaba andar.

—Mira quién está aquí, mi hermano, y muy bien acompañado...

—Hola, Martín, esta es Teresa.

—Encantado —y le dio dos besos—. ¿Qué hacéis por aquí?

—Vamos al Parque del Oeste a dar un paseo.

—Os acompaño, yo voy a coger el metro en Moncloa.

—¿De dónde vienes?

—He estado con unos amigos, y nos han propuesto un plan formidable. Resulta que van a estrenar la película *Quadrophenia.*

—Ah, sí —intervino Teresa—, la de los *rockers* y los *mods.*

Julio la miró sorprendido.

—Sí, esa, con música de los Who. Pues resulta que el programa de Íñigo, el de la tele…

—¿*Fantástico*?

—Joé con tu amiga, se lo sabe todo —dijo Martín, un poco molesto por las interrupciones.

—Sí, en el plató de *Fantástico* van a simular una pelea entre las bandas rivales del sur de Inglaterra que salen en la película. Y resulta que… a ver si adivináis, Martín miró directamente a Teresa.

La muchacha se encogió de hombros:

—Ni idea.

—Nos han ofrecido ser extras en la secuencia. Tenemos que disfrazarnos, a mí me ha tocado ser *rocker,* y lo mejor es que nos pagan, creo que trescientas pelas.

—Joder, ¡cómo mola! ¡Y encima salís en la tele!

—¿Qué te parece, chaval?

—Nosotros también queremos ir —dijo Teresa con descaro.

—¡Mírala qué lista!

—¿Podemos ir o no?, aunque sea solo a mirar —preguntó Julio.

—Ya os diré, pero no creo, hay tortas para ir.

—Me parece que mi padre conoce a José María Íñigo, le voy a decir…

Martin no contestó. Definitivamente la novia de su hermano era una estúpida engreída. «Espero que le dure poco», pensó, y su cara le delató.

A la semana siguiente se volvieron a encontrar, esta vez en los estudios de Televisión Española.

—Al final lo conseguisteis —dijo Martín mientras se colocaba una cadena en la cintura.

Llevaba una cazadora negra, gafas negras, pantalones de cuero negros... Julio y Teresa eran *mods*, así que su vestuario era mucho más elegante.

—¡Vaya pinta que tienes, hermano!

—Pues anda que vosotros... Parecéis unos niños de papá del barrio de Salamanca.

Al terminar la grabación, todos los «actores» se fueron a tomar unas cañas. Invitaba la tele. En un momento en que Julio se fue al baño, Martín se quedó a solas con Teresa.

—Veo que has enganchado bien a mi hermano.

—«¿Enganchado?». Qué palabra más fea... Nos llevamos bien y punto.

—Con lo que ha sido él. No sabes la cantidad de tías que se ha ligado. Es un auténtico Casanova.

A Teresa aquello no le hizo ninguna gracia, y quiso averiguar más.

—¿Y tú cómo lo sabes?

—Joder, es mi hermano. Le hemos conocido un montón de novias, y sabemos de otras muchas solo por referencia.

—¿Así que ha tenido novias que presentaba a la familia?

Martín se dio cuenta en ese instante de que estaba metiendo la pata. «Bueno, alguna vez...», y justo en ese momento llegó Julio. En aquella época Martín era su confidente en asuntos de mujeres. En alguna ocasión le reprendió porque no le parecía bien lo que hacía. Estaba con tres parejas a la vez, y a todas ellas les prometía amor eterno; las enfrentaba entre sí, llamando a una mientras decía que estaba con otra; incluso sospechó que, en algún momento, además de violencia psicológica, pudo llegar a las manos. Todo quedó entre los hermanos y nunca había salido de ahí.

A los pocos días, Julio contó a Martín que Teresa se guardó aquello para sacarlo en la primera ocasión en que pudiera. Y no tardó mucho. Habían quedado en Chapandaz. Se sentaron en una mesa en el rincón más oscuro y pidieron una «leche de pantera» y un «chapandaz».

—Ramírez, háblame de tus antiguas novias.

Julio sabía que si Teresa le llamaba por su apellido, es que tenía el día cruzado, así que intentó esquivar el envite.

—¿Y eso? Anda, no digas tonterías —y le alargó la mano hasta su nuca para acercar su boca y darle un beso.

—Déjame, no estoy de humor.

Lo sabía, pensó Julio.

—¿Qué te pasa?

—Nada, que quiero saber si soy una más en tu lista o...

Julio la cortó en seco:

—¿Pero qué mosca te ha picado ahora? Ya sabes lo que te quiero, te lo digo veinte veces al día.

—Sí, como a las otras...

—¡Esta sí que es buena! Eres lo que se llama una celosa retrospectiva...

—Y tú un capullo del presente.

Julio se la quedó mirando. Solo acertó a decir «voy a pagar» y se levantó para ir hacia la barra.

Aquella tarde acabó con los dos andando por la calle, sin tocarse y manteniendo distancia. La despedida fue un adiós seco.

Teresa siempre se había sentido segura de sí misma, y presumía de haber sido la que había dejado a todas sus parejas. Pero con Julio era diferente... Estaba tan angustiada que apenas podía dormir y su cuerpo adelgazaba por días.

Siempre había tenido mucha confianza con su padre, y el domingo, después de comer en el chalé familiar de Guadarrama, se fueron juntos a dar un paseo y le contó el motivo de su ansiedad. «Ay, mi Teresa..., qué joven eres todavía. Cupido, el dios del amor, significa "el que quiere", es decir, el codicioso. El amor es codicioso..., o no es amor. La única medida del amor es que no tiene medida». Y continuó con un largo discurso, en el que no faltaron referencias literarias y filosóficas. La chica escuchó con atención los consejos de su padre y se quedó algo más tranquila. Era normal anhelar que Julio fuera solo para ella, así que no tenía por qué avergonzarse, todo lo contrario, debía exigirlo. Y así fue. Durante toda su vida Teresa intentó absorber a Julio. Trató de sacarle de su familia, de sus aficiones, de cualquier cosa que hiciera sin ella. Julio la complacía, pero al mismo tiempo se buscaba las vueltas para seguir haciendo lo que le venía en gana, engañando a su mujer. Al principio con pequeñas mentiras, después los embustes se fueron haciendo tan grandes que trascendieron a la pareja y llegaron a oídos de su familia y sus amigos.

«Julio, me ha dicho Teresa que te vas a Colombia a un congreso, ¡qué suerte!»; «Julio, dice Teresa que tienes tanto trabajo que cada vez llegas más tarde a casa. ¡Tienes que organizarte! ¡Que la vida pasa volando!»; «oye, Julio, ¿cómo es que vas a dar clases en la Universidad de Málaga? Teresa dice, y con razón, que vas a acabar agotado con tanto viaje»; «me he enterado de que vas a empezar a colaborar con una empresa de estudios de opinión. ¡Enhorabuena!...».

Teresa continúo exigiendo, y esta vez fue un órdago: «Este año nos casamos, ya llevamos siete años de novios y se nos va a pasar el arroz». Julio aceptó a regañadientes, pero en septiembre se encontraron en el altar. Como ya llevaban bastante tiempo viviendo juntos, pasar por vicaría no cambió nada, salvo que Teresa se obsesionó con quedarse embarazada. Y le costó tres años conseguirlo. El día en que se enteró trató de localizar a su marido por todos los lados, pero no estaba en ninguno de los lugares donde debía estar. Apareció en casa pasada la medianoche, con algunas copas de más.

—¿Dónde te habías metido?

—¿Dónde voy a estar? ¡Trabajando!

—Estoy embarazada.

Julio estuvo unos segundos en *shock*. No era posible. Sin decírselo a nadie había decidido hacerse la vasectomía. No entraba en sus cálculos ser padre. ¿Y entonces? Sabía que había una remota probabilidad de que ocurriera, o quizás Teresa... «No, tengo que confiar en ella. Además, no le puedo decir que me he cortado la coleta, así que a apechugar...». Y nació Andrea. Teresa quiso protegerle y le contaba a todo el mundo que Julio era un padre ejemplar, aunque realmente no era así. Seguía estando muy poco en casa, y apenas echaba una mano con la niña. Jugaba con ella unos minutos, y enseguida se la pasaba a su madre. «Toma, anda, estoy agotado». Pero entre unos y otros se forjó aquella idea de que, además de todas sus virtudes, Julio era un padrazo.

Los hermanos se fueron sentando, estaban totalmente abatidos. No se escuchó una sola palabra en muchos minutos.

—Con todo lo ocurrido en las últimas horas sé que no tenemos el ánimo ni la claridad necesaria para decidir nada, pero no tenemos más remedio que hacerlo, no va a haber otra oportunidad de volvernos a encontrar.

Nadie respondió a Martín. Sabían que tenía razón, pero les resultaba imposible iniciar de nuevo la conversación donde la habían dejado la noche anterior.

—Venga, ¿qué hacemos entonces? —insistió de nuevo.

Santi atinó a decir que lo mejor era que delegaran en alguien que hiciera lo que tuviera que hacer. Y que como parecía que solo existía ya la alternativa de la finca, que se encargara Luis Alberto, que para eso era arquitecto y que seguro que sabía algo más que el resto sobre esos asuntos.

—Por mí de acuerdo —dijo Martín—. Pero además que se encargue a partir de ahora de las cuentas de mamá, ya no confío en absoluto en Salva.

Al oír su nombre pegó un respingo, bajó aún más la cabeza y no contestó nada, a pesar de que todos los ojos se fueron hacía él.

—Además —continuó Martín— Salva nos tiene que reconocer su deuda por escrito y darnos un plazo para devolverla.

Salva movió la cabeza en señal de asentimiento.

—Pero entonces, si va a ir reponiendo el dinero, con eso puede vivir mamá y ya no hay que vender nada, ¿no? —dijo Alicia, sorprendiendo a todos con su sensata reflexión.

—¿Puede ser, Salva? —preguntó Guadalupe.

—Lo intentaré, pero tengo tres juicios por reclamación de deudas y una querella criminal por estafa y falsedad en documento público.

—No sé muy bien qué es eso, pero suena mal…

—Pues que le van a meter en la cárcel —dijo Martín con crudeza—. Y tendrás otra querella que te vamos a poner tus hermanos.

Eso sí conmovió a Salva, que levantó la cabeza y le miró como implorando piedad.

—De eso nada, Martín —dijo Guadalupe, con voz airada—, a ver si crees que vamos a enviar a alguien de nuestra familia a presidio por muy mal que haya hecho las cosas. ¡Estás loco!

—Claro que sí, en esta vida quien la hace la paga, y nuestro propio hermano nos ha engañado. Este tío es un sinvergüenza —le señaló con furia.

—Dejemos eso ahora, que no nos lleva a ningún sitio —terció Santi.

—No nos engañemos —observó Luis Alberto—. Salva no tiene dinero, está en bancarrota y no va a poder devolver nada. Hay que vender Las Mimosas. Yo me encargo. De las cuentas no me puedo responsabilizar, no tengo tiempo ni conocimientos.

—Que las lleve mi marido —dijo Alicia.

Martín estuvo rápido en hacer otra propuesta que evitara contestar algo que todos pensaban, y dijo que lo mejor era contratar los servicios de un abogado de confianza que se encargara de todo, y que se coordinara con Luis Alberto para la venta. Que él conocía a uno, Roberto Redondo, que era un gran profesional y una gran persona.

Se escucharon palabras de asentimiento y conformidad.

—Pues de acuerdo entonces. Le diré a Roberto que te llame para que le pases todos los asuntos.

Salva asintió sin abrir la boca y sin mirarle.

Justo entonces sonó «Smoke on the Water». Aquella música estaba en ese momento tan fuera de lugar que todos pusieron un gesto de desaprobación. Salva tardó un poco en reaccionar y se levantó lentamente mientras decía «lo siento, es mi móvil». Cuando lo alcanzó y vio quien era dijo: «Es mamá».

—Justo lo que faltaba —dijo Martín.

—¿Lo cojo? —preguntó Salva, tan derrumbado que no se atrevía a tomar ninguna iniciativa.

—Sí, claro —dijo Alicia—, a ver si pasa algo.

Lo puso en altavoz para que todos pudieran oírla.

—Hola, mi niño, ¿dónde estás? Oye, que he ido al cajero y no tengo saldo. Te he dicho mil veces que eso no me puede pasar. Hoy es domingo, sabes que juego mi partida de *bridge* y no tengo ni para coger un taxi. ¡Eres un desastre, Salva! ¿Ahora qué hago? ¿No puedes venir y traerme dinero?

—Sí, señor, ¡esta es nuestra madre! —voceó Martín mientras aplaudía.

—Chis, que te va a oír —le reprendió Guadalupe.

—¡Que me oiga! Mamá, no te preocupes, ¡ahora te enviamos un avión con un saco de billetes!

—En serio, ¡Martín!

—Mamá, no estoy en Madrid —contestó Salva con voz grave—. Lo siento, no puedo hacer nada.

—¿Qué? ¿Que no puedes hacer nada? Vaya clase de hijo tengo. Olvídate, voy a llamar a Alicia.

A los dos segundos sonó otro móvil en la planta de arriba. Alicia se levantó.

—No contestes, ¡que le den! ¡Que por una vez se busque la vida! —dijo Luis Alberto con enojo. La llamada se repitió tres veces hasta que saltó el contestador.

—¡Qué mujer más coñazo! —dijo Martín con desprecio.

Luego fue el de Guadalupe, e instintivamente lo sacó de su bolso.

—¡Ni se te ocurra!

—No pensaba. ¿Quién quiere otro café? —se levantó a la mesa del comedor, donde aún estaba el desayuno sin recoger.

Rosa había oído la conversación con tío Antonio y se había metido en su cuarto. No podía parar de llorar. Había querido muchísimo a Julio, fue su preferido.

Julio era una persona adorada por todo el mundo. Fue un niño muy bueno, ejemplar. Obediente y cariñoso. Pero, además, era inteligente, ingenioso y, ya desde pequeñísimo, tenía un don de gentes reconocido por todos. Rosa se lo metía en secreto en su cama, al crío le encantaba oír sus cuentos, sobre todo el del dragón de las siete cabezas. Se lo contaba todos los días.

Era un buen alumno, pero nunca despuntó con unas notas extraordinarias. Decía que le gustaban tantas cosas que no le daba tiempo a estudiar. Pronto aprendió a tocar la guitarra, la pidió por Reyes a los diez años, y con doce, con el mérito añadido de ser autodidacta, era capaz de acompañar con gracia cualquier canción. Luego empezó a dar clases de piano, y llegó a ser un buen intérprete. A Rosa le encantaba oírle, podía estar horas. ¡Toca otra, Julito! Para ella fue su Julito toda la vida. Era la única que le llamaba así.

Julio fue una persona de cierta cultura, con conocimientos de historia, literatura, arte, música... Aunque estudió Letras, concretamente Sociología, también fue aficionado a las matemáticas, y en sus últimos años le dio por la física cuántica. A él le gustaba decir que sabía poco, pero de muchas cosas. También se le daba bien el dibujo. Por toda la casa de Velázquez hay acuarelas suyas. Rosa tiene un cuadro grande en su minúsculo piso. Lo pintó para ella y se lo regaló por su cumpleaños. Mostraba el cortijo de Las Mimosas y a una persona en la puerta sacudiendo una alfombra.

—Rosa, ¿te gusta? Esa eres tú —le dijo el día que le llevó la pintura.

—Ay, Julito, ¡cómo se te ocurre! ¡Muchas gracias, rey! Dame un beso grande.

Rosa continuaba llorando. Ay, Julito, Julito... Y sin quererlo recordó lo que vio el sábado anterior al fin de semana del accidente. Tenía que ir a hacer un recado para doña Remedios al centro, así que cogió el autobús a la Gran Vía. Iba distraída mirando por la ventana, cuando de repente le pareció ver a alguien que era igual que Julio. No, no era él, se estaba dando besos con una mujer morena muy exuberante. ¡Su Julito no era de esos... qué va! Sin embargo, sin que lo pudiera evitar, muchas veces su mente le devolvía esa escena, que le generaba tanta inquietud.

Guadalupe se puso a recoger la cocina y, con el ruido de los cacharros, Rosa acudió rápidamente mientras se enjugaba las lágrimas con el pañuelo que siempre guardaba dentro del puño del jersey.

—Ay, doña Guadalupe, deje, deje que ya recojo yo.

Las mujeres se miraron un instante y se dieron un abrazo largo en silencio.

—Rosa, todo lo que está pasando este fin de semana es terrible. Yo tenía mucha ilusión en que nos viéramos todos, y al final ha sido un completo desastre. No teníamos que haber venido aquí, los recuerdos nos angustian. Y luego toda esa historia de Salva...

—¿Qué ha pasado, señorita? No lo he entendido bien.

—Pues prefiero decírtelo yo a que te enteres por otro lado. Tenemos que vender Las Mimosas.

—Ay, doña Guadalupe, pero ¿qué me está diciendo? Por la Virgen.

—Lo sentimos más que nadie, pero mi madre se ha quedado sin dinero, y no hay nada que hacer.

—Yo se lo doy, señorita. Lo saco de mi cartilla y les doy todo lo que tengo.

—No digas tonterías, Rosa. ¡Qué buena eres! ¡La persona más bondadosa del mundo! —y se acercó y le dio otro abrazo y un beso apretado.

—Vamos a recoger esto.

—Déjelo, señorita, yo lo hago en un periquete. Ay, qué pena, vender este cortijo...

Guadalupe volvió al salón.

—¡Venga, chicos! ¿Qué hacemos? Aún nos quedan un par de horas antes de irnos. ¿Nos vamos a dar una vuelta?

—Vamos —dijo Santi—, aprovechemos este rato. Quizás no volvamos más aquí.

Todos estaban pensando lo mismo, pero nadie se hubiera atrevido a decirlo. A duras penas se fueron levantando y se pusieron los abrigos. Salva no se movió.

—Yo no voy, no me encuentro bien.

—Salva, no te puedes quedar ahí —trató de animarle Guadalupe.

—Me voy a echar un rato en la cama a ver si se me pasa el dolor de cabeza.

Salva se asomó por la ventana de su habitación y pudo ver cómo sus hermanos se alejaban despacio por el camino que conducía a la huerta.

Los hermanos caminaban en silencio. Sentían ahora en sus piernas el peso de todo lo sucedido.

—¿Os acordáis de la historia de los gorritos del avión? —dijo Alicia, tratando de transmitir cierta energía.

Por supuesto que todos la recordaban, pero nadie estaba de humor.

—Fue buenísimo, ¡las caras de aquellos japoneses!

Aunque ninguno contestó, acordarse les provocó una media sonrisa.

El museo de Orsay organizó una exposición temporal de Sorolla y les pidieron el cuadro de la familia. Con esa excusa, y para celebrar su cincuenta cumpleaños, el padre invitó a todos a pasar un fin de semana en París. Subieron al pequeño avión de Air Nostrum en medio de un ambiente festivo, y cuando se dieron cuenta de que el vuelo estaba lleno de japoneses y que ellos eran los únicos españoles, les dio un ataque de risa. Los más pequeños hacían muecas estirándose los ojos para parecer asiáticos, mientras otros hablaban en broma en un idioma ininteligible imitando algo que sonara a oriental. Los padres les reprendían, aunque en el fondo disfrutaban de las bromas. La azafata salió al pasillo a hacer las rutinarias demostraciones de seguridad.

—Niños, atended, que es importante.

—¡Ay, mamá!, como que se va a caer el avión... —dijo Martín con sorna.

—Pues a mí me da miedo —le corrigió Alicia—. ¡Callaos! Estos aviones de hélice no me gustan nada.

Cuando la azafata terminó, Julio se levantó y le dijo algo al oído. Fue asiento por asiento repartiendo una hoja de papel a cada pasajero. Se puso en medio del pasillo con su folio y, en un inglés rudimentario, con acento madrileño, dijo:

—Please, your attention. Silence. I need you only one minute.

Los japoneses se miraban entre sí con cierta preocupación, sin entender si aquello era un secuestro o alguna publicidad de algo.

—Please, repeatt my movements. Slowly.

Julio cogió su hoja de papel y la dobló por la mitad. Sus hermanos se morían de risa al ver que más de cincuenta japoneses doblaban su papel milimétricamente.

—Perfect! Now this way.

Y todos a plegar para el otro lado. Los pasajeros se estaban divirtiendo y giraban sus cabezas a uno y otro lado para comprobar que lo estaban haciendo bien. Julio continuó dando forma al papel hasta que todos consiguieron tener un gorrito.

—And now, the last step. —Julio se puso el gorro en la cabeza y empezó a aplaudir entre grandes risas. Mirar para atrás y ver a decenas de japoneses aplaudiendo con un gorrito en la cabeza fue algo tan divertido que quedó para la historia como una de las anécdotas más celebradas en la familia.

Llegaron al antiguo huerto. En tiempos plantaban allí tomates, pimientos, calabacines, berenjenas, y todo tipo de hortalizas. A los chicos les encantaban las calabazas. Lo primero que hacían al llegar a la finca era ir a verlas para ver cómo habían crecido durante la semana, y año tras año trataban de batir el récord de tamaño. Las más grandes las secaban y las colocaban en el «museo», una antigua cuadra en la que iban colocando los «tesoros» que encontraban. Además de las calabazas, había varios casquillos de bala, decían que eran de la guerra; cuernas del desmogue de venados; fósiles —según Santi eran trilobites—; herraduras; piedras con formas singulares; nidos de pájaros y un sinfín de objetos variados. Se pasaban allí las horas fantaseando con sus hallazgos. Rodearon la huerta y entraron en las caballerizas.

—Mirad, todavía están la mayoría de las cosas —dijo Luis Alberto—. No sé qué vamos a hacer con todo esto.

—Antes de vender, tendremos que desmontar todo el cortijo —confirmó Alicia, algo que ya todos habían pensado.

—Y tendremos que avisar a Teresa —murmuró Guadalupe.

La respuesta fue el silencio. A nadie le apetecía lo más mínimo volver a encontrarse con su cuñada después de tanto tiempo. Tener que dividir los muebles, cuadros, vajilla y los cientos de enseres que se esparcían por todas las habitaciones de la casa iba a ser un trago.

—Haced lo que os parezca con todo, yo no quiero nada.

—¿Cómo que no, Santi?, pero si hay miles de recuerdos —le trató de convencer Alicia.

—«Recordar» viene del latín. *Cordis* significa «corazón», así que recordar es volver a pasar por el corazón. Yo no necesito hacerlo —dijo Santi con una sonrisa.

Solo contestaron las dos mujeres, y ambas con un «pues yo sí».

De repente Guadalupe sorprendió a todos:

—Yo sigo hablando con Teresa, nos vemos de vez en cuando. No lo había confesado antes porque no quería echar más leña al fuego, pero considero que ahora es mejor que lo sepáis. —Los hermanos callaron expectantes, y Guadalupe continuó contando que Teresa no había rehecho su vida, seguía sola, viviendo con su hija. Siempre que se veían, Teresa hablaba de Julio. Eran largas reflexiones de amor y odio hacia el que había sido su marido. Parecía que el duelo le exigía reivindicarse...

—Pues nada, ya sabemos quién le va a decir a nuestra cuñada lo de la finca. Seguro que ella esperaba sacar dinero de aquí algún día. No va a ser fácil —dijo Martín.

—No os preocupéis, ya me encargo yo. Venga, volvamos a la casa.

Guadalupe no quiso contar más, el resto de los comentarios de Teresa se los guardaría para ella: «Julio siempre fue una persona muy egoísta. Solo pensaba en él, en su trabajo, en sus aficiones y en su propio placer. Todo el mundo decía que era muy buena persona, pero a mí me hizo mucho daño. Mucho, Guadalupe, no os lo podéis imaginar». «Bueno, ya es agua pasada, déjalo», trataba de consolarla Guadalupe, sobre todo para no tener que oír nada malo de su hermano. Pensaba que todo eso formaba parte del proceso de redención que necesitaba su cuñada. Tenía que matar su pasado para iniciar una nueva vida. Al final, decide el corazón y justifica el cerebro, se decía muchas veces Guadalupe. Pero Teresa insistía: «En dos ocasiones le descubrí, ¿cuántas más habría? Una vez con una caja de condones en el bolsillo de la chaqueta. Me dijo que los había comprado para nosotros. Mentiroso, no los usábamos jamás. La otra fue peor, encontré un recibo de visa de un club que se llamaba Lesbos. ¡El muy cerdo!». Eso le dolió más a Guadalupe, al fin y al cabo lo de la infidelidad no era para ella algo tan grave, pero... ¿su hermano de putas? Seguro que no era verdad. «Yo apenas le veía, y durante los últimos meses aún menos. Su comportamiento era desconcertante. Una semana antes de su muerte, apareció un día en casa a las ocho de la mañana con un botecito de cristal. Es un portalágrimas, me dijo, se puso de moda en el siglo XVII: las amadas de los marineros se los daban antes de partir. Por favor, póntelo en el lateral del ojo y me lo llenas... Se metió en la cama e hicimos el amor de una manera que jamás había imaginado. Julio se entregó con pasión, pero sobre todo con delicadeza, con una ternura desconocida. Sentí amor en estado puro. Fue algo tan especial que...». «Vale, vale, venga, no lo pienses más, quédate con esos buenos recuerdos», cortó Guadalupe, que quería salir de aquella conversación que le resultaba muy violenta.

Despedida

Llegó la hora de marchar y cada uno había decidido su forma de decir adiós a Las Mimosas. Luis Alberto se había subido a lo que llamaban «la biblioteca», una pequeña sala en el piso de arriba, presidida por un gran ventanal, en la que unas estanterías destartaladas albergaban unas decenas de libros, que ahora curioseaba. La mayoría eran *best sellers* traídos por su madre; algunos volúmenes de arte, de los que se regalan en congresos institucionales o por empresas en navidad; varios de naturaleza, comprados por su padre; y algunas novelas clásicas que nadie sabía cómo habían llegado hasta allí. Un estante estaba reservado a la familia. Además de álbumes de fotos, se apilaban varias publicaciones en las que los hermanos habían sido protagonistas. Un tomo de gran formato titulado *La moda en la España de los 90*, en el que Guadalupe había escrito un capítulo; la tesis doctoral de Martín sobre termodinámica de fluidos; una revista con los mejores proyectos de jóvenes arquitectos de 1995, con un artículo que se encabezaba con «Luis Alberto Ramírez: arquitectura sin marca»; y el libro de filosofía aplicada a la sociología que le publicaron a Julio meses antes del accidente. Luis Alberto echó una hojeada a los nombres de los capítulos finales, nunca había entendido nada de las cosas que escribía su hermano: «El mito de la caverna y la representación de la realidad»; «El concepto aristotélico de la apariencia»; «Ser y parecer en la sociedad actual»...; menudos rollos escribía este tío, sonrió Luis Alberto. Se puso de pie para mirar por la ventana. La vista de la dehesa era espectacular. Sentía una inmensa pena al pensar que no volvería a pisar esas tierras.

Su memoria voló junto a su padre. Para todos ellos, el campo estaba inseparablemente unido a su recuerdo. Tardes enteras con los prismáticos colgados, apostados en una charca. Su padre no fue cazador, pero siempre respetó la caza autentica. «Yo cazo los pájaros con la cámara de fotos y ellos con la escopeta». «A ver, niños, ¡mirad bien! ¿Qué es eso?». «¡Un verdecillo!». «¡Un carbonero!». «Ay, no aprendéis... Fijaos en el color rosado del pecho». «¡Un pardillo!». «Que no, hombre, es un pinzón, si ya lo hemos visto un montón de veces...». El pobre se desesperaba. «Joé, papá, es que es muy difícil, son todos casi iguales». «Qué va, es cuestión de echarle tiempo. Luego en casa os lo vuelvo a enseñar en la guía. ¿Y aquel? Mirad su cola larga». «¡Ese sí me lo sé! ¡Una lavandera!». «Muy bien, Luis Alberto. Hoy estás siendo el campeón».

También sabía mucho de árboles y de toda clase de plantas. «Mirad, esto es torvisco, antiguamente se utilizaba para envenenar los ríos y matar a los peces. Aquí tenéis el cantueso, veréis qué bien huele». Cogían madroños, bellotas, espárragos en primavera, boletus y parasoles en otoño. Los paseos con el padre eran diversión y aprendizaje. «¿Habéis oído? Escuchad con atención. Es el macho de la oropéndola, un pájaro precioso de color amarillo intenso, por eso se llama así. Oíd ahora ese sonido, suena cucú. La abubilla tres veces, el cuco dos. Es muy fácil distinguir su canto». Era una autentica enciclopedia de la naturaleza. En el campo se transformaba, pasaba de ser el apocado marido de Remedios al líder de la familia. Gritaba, saltaba, cantaba, era inmensamente feliz. Luis Alberto empezó a llorar. Sentía que su mundo se desmoronaba, que nada tenía sentido, que todo se acababa... Se miró en el espejo de pie que había en la esquina de la habitación. Se vio viejo, con arrugas, excesivamente delgado, y un tanto desgarbado. Él, que siempre había sido considerado el guapo de la familia… «Qué pena que no te gusten las tías, te las llevarías a todas de calle», le tomaban el pelo sus amigos. Ahora tendría que volver a Zaragoza, ver qué pasaba con Sergio —no había conseguido saber nada de él—, enfrentarse a los problemas del estudio, hacer cuentas para ver cómo llegar a fin de mes, encargarse de la venta de la finca… Todo le suponía un inmenso esfuerzo. Solo pensarlo ya lo era. Le gustaría hacerse un ovillo y quedarse ahí quieto, metido en esta biblioteca horas y horas, y que al salir todo fuera diferente.

En esa posición estuvo muchas horas aquel día, que ahora le venía a la memoria. Empezó como una broma: estaban preparándose para regresar a Madrid, y se le ocurrió una idea propia de un chaval de siete años. Cuando ya estaban en el coche, alguien dijo «falta Luis Alberto». El padre: «Hay que ver este niño, lo despistado que es»; la madre: «Le voy a dar para el pelo»; Santi: «Estaba en la huerta con la escopeta de balines»; la madre: «Anda, Santi, vete a buscarle». A los diez minutos, Santi: «No le encuentro por ningún lado»; la madre: «Le mato, a este niño un día le mato. Venga, todos fuera, vamos a buscarle». Al principio Luis Alberto no salió porque les quería dar un susto; al rato, oyendo las amenazas y los gritos de su madre, por miedo. El padre se empezó a preocupar de verdad, y salió corriendo a mirar en la alberca. Nada. Lo registraron todo: habitaciones, cocina, salón, baños, granero, cuadras, huerto… ¡había desaparecido! A nadie se le ocurrió pensar que estaba escondido dentro del armario de la ropa blanca, en el pasillo que daba acceso a los dormitorios. Cuando, después de cerca de dos horas de infructuosa búsqueda, el padre dijo que había que llamar a la policía y el chaval lo oyó, salió como un cohete: «¡Estoy aquí! ¡Perdón, perdón! Es que…». Ya no dijo nada más porque su madre le zurró en el culo a base de bien. La vuelta a Madrid fue un funeral, todos callados y Luis Alberto gimoteando todo el viaje.

Aquel recuerdo le hizo recobrar un poco el ánimo, y sintió que, sin moverse, cerrando los ojos y notando la respiración, se encontraría mejor en unos minutos. Pero en la cabeza de Luis Alberto había algo que le inquietaba mucho más. Sus pensamientos le llevaron de nuevo al día del accidente. Sus recuerdos eran cada vez más confusos. Cuando salieron del coche y se fue a orinar con Martín, le pareció ver por el rabillo del ojo que Julio abría la escopeta y metía un cartucho. Todo fue muy rápido, no estaba seguro... Luego se miró la bragueta para subírsela y de repente vino la detonación. La escena le había asaltado mil veces en sueños, por lo que no sabía si aquello había sucedido así o su imaginación le gastaba una mala pasada. Lo mejor sería olvidarse, ya no había nada que hacer. El pobre tío Antonio...

Santi se fue a dar un paseo hasta la fuente del enebro. Era un paraje con hechizo. Cuatro grandes alcornoques circundaban el nacimiento de un manantial natural, donde juncos y espadañas crecían alrededor. Había un banco de madera, donde le gustaba sentarse y disfrutar del amanecer. En aquel lugar se sentía algo especial, parecido a lo que había percibido en otros dos sitios que conoció de joven en el viaje que hizo por Europa antes de recalar en la India. Uno fue Stonehenge, el monumento megalítico en Inglaterra. Pensó que sería una «turistada», pero allí, por primera vez, su cuerpo percibió un extraño magnetismo. Fue allí donde descubrió la proporción áurea, de la cual después leyó todo lo que cayó en sus manos. El otro fue en Grecia, en el oráculo de Delfos, un templo dedicado a Apolo en el que vio una puesta de sol que jamás había podido olvidar. Ahora estaba allí, quizás por última vez, pero no le preocupaba, sabía que el tiempo era cíclico y que variaba con el nivel de conciencia de cada uno. Por ello no sentía ninguna pena, solo quería disfrutar unos minutos de recuerdos. Los primeros fueron para Julio.

Alicia se sentó en la mecedora que había en su habitación. Desde la ventana veía a Salva y a Guadalupe sentados sobre los poyetes del porche. Su hermana hacía grandes aspavientos con las manos, entendió que serían reproches. Ya había preparado su equipaje y no sabía muy bien qué hacer; no tenía ganas de hablar con nadie, deseaba irse cuanto antes. Sacó de su bolso un tranquilizante, lo necesitaba, el fin de semana había sido muy duro para ella. No volver a aquella casa le provocaba cierta zozobra, sobre todo porque tenía que encontrar alguna buena excusa para contarle a sus amigas: que ya no iba nadie y no merecía la pena mantenerla; que se la habían alquilado a su tío porque la necesitaba; hasta se le pasó por la cabeza contar que se la habían expropiado porque iban a construir una autopista. Quizás podría organizar una fiesta de despedida, había muchos amigos que no habían llegado a conocerla, y así, al menos por una vez, podría darse el gusto de hacer de anfitriona de una propiedad como aquella. Buscó la barra de labios, se miró en el espejo que había encima de la cómoda y se repintó por enésima vez. Mejor no haría ninguna fiesta, tendría que explicárselo a sus hermanos, y además disponerlo todo sería una gran complicación. De repente se iluminó su cara y se puso de pie de un salto. ¡Eso sí! Cogió el iPhone que le acababa de regalar su marido y se abalanzó a la puerta. Haría un gran reportaje de fotos y las colocaría en un álbum para enseñar el cortijo y la finca a todo el mundo. No tendría por qué explicar a nadie que la habían vendido. Ay, Alicia, mira que eres lista cuando quieres, se dijo a sí misma...

Martín volvía a la casa y se sorprendió al ver a Alicia haciendo fotos por todos lados. Pensó: «¿Qué mosca le habrá picado?», y pasó a su lado sin decir nada. Ella no se contuvo.

—Adiós, Martín, ¿dónde vas tan rápido? —preguntó con segundas.

—Ah, nada, cavilando en mis cosas —balbuceó una excusa improvisada.

—Pues nada, sigue pensando, hijo mío, que para eso tienes tanto coco —bromeó sin parar de enfocar su móvil hacia cualquier rincón.

—Voy a hacer mi maleta —mintió. La había hecho nada más levantarse.

Guadalupe preguntó a Salva:

—¿Qué vas a hacer cuando volvamos a Madrid? ¿Has quedado con alguien?

—No, qué va, estoy yo para fiestas…

—Si quieres vamos al cine, acaban de estrenar *El discurso del rey*, creo que es cojonuda.

—Gracias, hermana, pero de verdad que no estoy de humor —se acercó y le dio un abrazo—. Tienes un gran corazón. Eres la única que se preocupa por mí, eres todo lo que tengo…

—Venga, macho, no exageres. Toma un cigarro y vamos a dar un *voltio*.

—No, de verdad, ve tú, yo me quedo un rato aquí.

—Tardo unos minutos, tengo que despedirme de algunos amigos.

Guadalupe sabía que para ella el emblema más importante de aquella finca eran los árboles que plantó con su padre. Fue un martes de octubre, ese día no había ido a clase porque había pasado muy mala noche con dolor de tripa. Cuando se despertó, su padre le dio un beso y le preguntó qué tal estaba. Le dijo que mucho mejor. ¿Pero bien del todo? Casi. Y entonces le propuso que le acompañase a un vivero de la carretera de Extremadura a recoger unas plantas. ¡Sí! ¡Bien! A la muchacha le encantaba estar con su padre, y hacer un plan los dos solos era algo excepcional. Su madre dijo que no entendía nada, que, si ya no estaba enferma, que la llevara al colegio. Pero ya estaban los dos saliendo por la puerta y aquello tuvo una enigmática respuesta: «Remedios, quizás volvamos un poco tarde». Estuvieron eligiendo árboles, que entonces no levantaban ni medio metro. Dos alcornoques; tres alisos; una palmera; dos castaños; dos robles y un eucalipto. Cuando los metieron en el coche, el padre dijo: «Nos vamos a Las Mimosas a plantarlos, ¿vale?». A Guadalupe se le iluminó su cara. ¿A la finca? ¿Ahora? ¡Por supuesto que sí! Aunque habían pasado cerca de cuarenta años, no sabía bien por qué, pero recordaba con precisión todo lo que hablaron ese día durante el viaje. Dedicaron mucho tiempo a pensar dónde plantarían cada árbol. Los alisos en la orilla del arroyo, pues necesitan mucha agua; los alcornoques cerca del huerto, así darían buena sombra con los años; el eucalipto en la entrada del camino, que cuando son altos, y crecen muy rápido, se ven desde lejos y sirven de orientación; los demás en la parte de atrás del cortijo, haremos un jardín botánico. Habrá que quitar los tapaculos, ocupan demasiado espacio. ¿Sabes por qué se llaman así? Ni idea. Su padre le contó una historia que le impresionó durante toda su vida. Durante la Primera Guerra Mundial, ¿sabes cuándo fue? No. ¿No estudiáis historia en el cole? Sí, pero eso de la guerra mundial aún no lo hemos dado. El padre se rio divertido. Bueno, pues en esa guerra, que duró desde 1914 a 1918, los soldados tenían muchas diarreas. ¿Por qué? Pues por la comida mal conservada, la falta de limpieza, dormían todos juntos, el agua estaba contaminada… Guadalupe, una guerra es terrible, son los peores momentos de la historia de la humanidad, y la Primera Guerra Mundial fue la más terrible de todas, hubo muchos millones de muertos y heridos.

Al padre se le quebraba la voz, la niña escuchaba boquiabierta. Pues lo que decía, para combatir las colitis, les daban a los soldados el fruto de esa planta que tenemos en casa. Esas bolitas alargadas de color rojo sirven para arreglar los trastornos de los intestinos. ¿Y están buenas? No mucho, pero arreglan el problema, y tapan el culo. Padre e hija se rieron con grandes carcajadas.

Quiso despedirse de cada árbol acariciando su tronco uno a uno. Primero el eucalipto. Miró para arriba: era altísimo, y sus hojas olían a una especie de menta, siempre le había gustado. Luego los alcornoques. Exhibían unos gruesos troncos, cada siete años les quitaban el corcho, que era perfecto para hacer el belén en Navidad. Se detuvo un buen rato en «el jardín de papá», que era como llamaban a esa parte de la finca. Los árboles que sembraron ese día, junto con otros que se fueron plantando en los años siguientes, lucían vigorosos, aunque ahora sin hojas por lo avanzado del otoño. Sentía especial cariño por la palmera, su tronco en forma de escamas, sus hojas abriéndose como chorros de una fuente, los racimos de dátiles... La estuvo tocando un buen rato, dedicándole unas palabras de adiós.

A Martín se le ocurrió también subir a despedirse de «la biblioteca». Se encontró con Luis Alberto con la cara enrojecida y los ojos llorosos:

—Venga, hombre, que no pasa nada, no se acaba el mundo.

—Pues un poco sí, Martín.

—En cuanto volvamos a rutina, esto se nos olvida. Venga, vamos abajo.

—No, espera, siéntate un poco conmigo. He estado mirando los libros de la familia. Anda que tu tesis sobre no sé qué rollo de fluidos..., ¿se la leyó alguien? —intentó hacer una broma para cambiar su ánimo.

—¡Oye!, ¡que me pusieron sobresaliente cum laude!

—A sus órdenes señor doctor —y se echó la mano derecha a la sien, imitando un saludo militar.

—Peor eran los ladrillos que escribía Julio. ¿Tú entiendes algo? —le tiró el libro, que aún estaba sobre la mesa.

—Nunca lo leí. ¿Sabes que la historia acabó mal?

—¿Qué historia?

—Yo me enteré por casualidad, un amigo mío es profesor de la misma facultad. Al parecer a Julio le denunciaron por haber copiado muchos capítulos de otros libros sin citar las fuentes.

—Joder, no tenía ni idea. ¿Y cuándo fue eso?

—Poco antes del accidente. Mi amigo me dijo que le iban a expulsar de la universidad.

Los dos callaron un momento con gesto grave. Martín quiso salir del embrollo, se arrepentía de haberlo contado, no era bueno que eso se supiera en la familia.

—Con tu saludo marcial, me ha venido a la cabeza la mili. ¿Te acuerdas? Menudas chorradas había que hacer. Como saludaras sin gorra, te caía un buen paquete.

—Tengo recuerdos contradictorios. Lo pasé muy mal en muchos momentos, pero hice buenos amigos. Eso tiene un gran valor.

—Claro, son situaciones límite que te unen al que tienes al lado. Es como si me dices que es bueno pasar una guerra porque se hacen amistades perdurables.

—¡Mira que eres exagerado! Ya lo sé, no quiero decir que eso justifique por sí solo que tires un año de tu vida por la borda...

Se quedaron en silencio, y Martín cogió el libro para echar un vistazo.

—«Ser y parecer en la sociedad actual».

—Es decir, la distorsión de la realidad para influir en los sentimientos y las emociones de los demás. Santi apareció por sorpresa y se unió a la conversación.

—¡Qué susto!, ¿dónde andabas? —Luis Alberto continuó sin esperar respuesta—. Así que tú sí que entiendes las historias que contaba Julio.

—En nuestras cartas a veces hablábamos de estos temas.

—¿Qué cartas?

—Durante años, Julio y yo nos escribíamos una casi todas las semanas. Nos llegaban con dos meses de retraso, ya sabéis lo que es la India, pero así estábamos en contacto. Aunque no lo parecía, a Julio le importaba mucho lo que los demás pensaran de él. Yo diría que estaba obsesionado con eso. Quería dar la imagen de estar siempre alegre; de ser el líder en quien poder confiar; de ser el mejor padre, el mejor hermano, el mejor profesor, el más honesto... No sé... Conmigo, quizás por la distancia, muchas veces se sinceraba.

Los tres hermanos se quedaron pensativos. Santi rompió el silencio.

—Me dolió recibir varias cartas después de su muerte. En las últimas le sentí muy solo y triste. Recuerdo que me decía: «Santi, si se ve una luz al final del túnel, lo lógico es pensar que estás saliendo. Para mí son los faros de un tren...».

—Malas rachas pasamos todos. Y él era muy sensible —dijo Luis Alberto.

A Martín aquella conversación le estaba generando un gran desasosiego, así que dio un giro.

—¿Qué sentís al tener que desprendernos de todo esto? —y movió ambos dedos haciendo círculos en el aire.

—Mucha pena, muchísima. Es como si nos arrancaran una parte de nuestras vidas.

—Luis Alberto, lo que cuenta es lo que somos, no lo que tenemos. Las vivencias no nos las arrebatará nadie.

—Ya, tú estás en otro mundo, y esto te afecta menos. Pero...

Santi le cortó:

—Perdona, pero no es así. La cuestión es cómo nos enfrentamos a los reveses que nos da la vida. Ante situaciones de incertidumbre, el cerebro hace simulaciones y trata de situarnos en lo peor. Esto atiende a razones genéticas, la necesidad de supervivencia ha llevado los simios a reaccionar así ante cualquier amenaza.

—Tomad nota: no hay que hacer caso a nuestros sesos de mono —se rio Martín. Miró su reloj, se levantó y dijo que eran las once y media pasadas y que habría que pensar en marcharse.

Bajando las escaleras, se toparon con Alicia, que subía.

—Venga, tenemos que irnos —le apremió Martín.

—Tardo un minuto, voy a hacer unas fotos desde arriba.

Al poco rato los seis se encontraban en el porche con las maletas. La situación era un tanto incómoda, nadie sabía bien cómo despedirse. Guadalupe cogió la batuta.

—Hermanos, llegó la hora de marcharnos —dijo con la voz forzada y un tono solemne, sonó como un cura finalizando una misa—. Ha sido un fin de semana con luces y sombras.

—¿Luces? La de la mesilla de noche, debe de ser, porque yo no he visto otra —se burló Martín.

Guadalupe le hizo un gesto de reproche, y continuó:

—Decía que hemos tenido la oportunidad de volvernos a ver, y eso, al menos para mí, es muy importante. Aunque han sucedido muchas cosas que no esperábamos y que han afectado a nuestros sentimientos más profundos. —Guadalupe se fue tornando melodramática por momentos. Bajó los peldaños que les separaban del camino y, ante la mirada de sorpresa de todos, volvió con un puñado de tierra. Abrió la palma de la mano y continuó su alegato.

—Este polvo ha sido nuestro polvo.

—¿En qué estará pensando esta? —murmuró Alicia a Luis Alberto.

—Te he oído, hermana, y esto no es una broma.

—Perdón, perdón, ha sido una tontería.

—Nuestra familia ha estado siempre unida, y esta finca ha sido para todos un símbolo de esa concordia. Las circunstancias han cambiado y todo se ha ido complicando. Pero no podemos renunciar a lo que somos. Se abre una nueva etapa y tenemos que buscar puntos de encuentro entre nosotros. No nos podemos permitir que algo tan bello desaparezca. Las Mimosas han sido nuestro nexo, pero vendrán otros. Tenemos que saber perdonar, por encima de los errores que hayamos podido cometer cada uno de nosotros. Aunque solo sea por Julio, tenemos que mantenernos juntos, él se lo merece.

Tras unos momentos de duda, Martín dijo que o salían ya o perdería su vuelo, y empezó la ronda de abrazos. El último fue Salva. Trató de buscar su mirada, pero no levantaba los ojos del suelo. Le tendió una mano rápida y fría, dijo un adiós general, y se encaminó con su bolsa al garaje. Abrió el maletero y de repente cayó en la cuenta de que no se había despedido de Rosa. La mujer estaba de pie, a cierta distancia del grupo, sin atreverse a participar en aquella triste ceremonia. Volvió sobre sus pasos y le dio un abrazo con un «cuídate mucho, Rosita».

—Rosa, ¿qué haces ahí? ¡Ven aquí a despedirte, mujer! —le gritó Guadalupe con un volumen de voz un tanto desproporcionado.

Se escucharon varios cumplidos: hastapronto; nosvemoscuantoantes; queosvayamuybien… antes de que cada uno se metiera en su coche.

—Yo me quedo con Rosa para ayudarla a recoger —dijo Salva levantando su mano derecha.

Arrancaron los motores y salieron en caravana por el camino. Rosa volvió de inmediato a la cocina, mientras Salva se quedaba mirando a la comitiva.

Sabía que probablemente habría perdido para siempre a su familia, pero estaba contento. Había conseguido proteger a Julio. Hablaba muchas veces con él, como si estuviera presente, así que musitó: Julito, no te preocupes, nunca lo sabrá nadie. Desde el cielo o desde donde estés, podrás seguir mirando a los tuyos con la cabeza bien alta.

Salva recordó aquel día en que Julio le llamó para decirle que quería hablar con él, que era un asunto urgente y de extrema gravedad. A Salva le extrañó, no estaba acostumbrado a oírle utilizar esos términos. Adoraba a su hermano, ya desde niño tuvo una enorme admiración por él. Le quería mucho más que al resto. Era su hermano del alma, le solía decir entonces, y se lo seguía diciendo ahora, aunque ya no estuviera. Así que le contestó que esa misma tarde acudiría donde le dijera.

Quedaron en una cafetería del barrio de Chamberí. Julio le estaba esperando con una cara demacrada que reflejaba su estado de ansiedad. Se levantó para darle un beso. Salva le abrazó con fuerza, intuyendo que algo muy serio debía de ocurrir.

—Hermano, estoy metido en un buen lío. No tengo a nadie a quien recurrir. Necesito tu ayuda.

—Julio, sabes que aquí estoy para lo que quieras.

—No sé cómo contártelo, es algo muy complicado.

—¡Venga, hombre!, desembucha.

—Pero me tienes que prometer que no me harás preguntas, solo sabrás lo que yo te pueda explicar.

—Mira que eres pesado, que sííí, que vale…

—Necesito dinero, mucho dinero.

—Vaya, me habías asustado. Los problemas de dinero no son problemas. ¿De cuánto hablamos?

—Salva, esto es muy serio. Me he metido en ciertos negocios y ha salido muy mal.

A Salva eso le sorprendió mucho. Su hermano no era un hombre de negocios.

—No te preocupes, las cosas a veces no resultan como se espera, ya sabes que yo tengo mucha experiencia…

—Pero es que no me entiendes, hablamos de mucho dinero. Los acreedores me están persiguiendo, y empiezo a temer incluso por mi vida.

—¿De qué me hablas? ¿Quiénes son esos tipos?

Julio se dio cuenta de que se había extralimitado en la información y reculó.

—Eso es lo de menos, lo importante es tener la pasta para poderles pagar y que me dejen en paz.

—Ya sabes que yo no estoy en mi mejor momento, pero seguro que lo podemos arreglar.

De repente, se lo soltó de sopetón. «Salva, necesito doscientos millones de pesetas». A su hermano casi se le atraganta el café:

—¿Qué? ¿Pero qué dices? ¿Estás loco? ¿Tú sabes lo que son doscientos millones?

Julio agachó la cabeza mirando a la taza.

—Es imposible, jamás en la vida podremos reunir ese dinero. ¿Estás seguro de que es lo que debes? ¿En qué clase de negocio te has metido para poder haber perdido ese capital?

Julio seguía sin mirarle, y solo acertó a decir en voz muy baja: «No te puedo decir más, lo siento».

Salva se levantó nervioso. Fue a la barra, pidió un chupito de aguardiente y volvió a la mesa.

—Salva, he pensado en el cuadro de Sorolla.

—¿En nuestro cuadro? Tú estás mal de la cabeza, chaval, nuestros hermanos jamás lo venderían, y, además, la propietaria legal es mamá.

—Ya, pero tú tienes poderes de ella, ¿verdad?

—¿Qué me estás proponiendo, Julio? No entiendes que eso no lo puedo hacer.

Se hizo un silencio cortante durante unos segundos.

—Lo único que se me ocurre es reunir a la familia y consultarles si están de acuerdo.

—¡No! ¡Por favor, eso no! Me preguntarán, y no puedo...

Su voz se quebró. Era la primera vez en su vida que Salva veía llorar a Julio. Se levantó a consolarle. Le cogió por la nuca mientras le acariciaba la cara.

—Venga, Julio, por favor, no llores. No puedo soportar verte así.

—Lo siento, lo siento de veras...

Transcurrieron varios minutos, ninguno de los dos encontraba palabras que decir.

Salva se levantó a por otro trago, lo pidió y fue a refugiarse al baño. Necesitaba pensar.

Volvió con paso decidido.

—¿Cuándo necesitas el dinero?

Julio levantó la cabeza y le miró a los ojos esbozando una sutil sonrisa.

—Ya mismo. Es cuestión de días que me encuentren.

—Hace falta algo de tiempo, no es fácil vender una pintura como esa.

Al día siguiente Salva habló con un marchante al que conocía por referencias y consiguieron colocarlo en el mercado negro a un inversor mexicano, aunque por un precio bastante inferior al valor que en ese momento tenía aquel lienzo. Salva recibió una maleta con el dinero en efectivo, que entregó a su hermano sin tocarlo, diciéndole: «Hay un poco más de lo que me pediste, quédatelo, seguro que lo vas a necesitar». Los dos hermanos se quedaron enganchados en un abrazo durante mucho tiempo. «Gracias, gracias, te estaré siempre agradecido».

Ahora Salva pensaba en lo incompresible que es el destino. Después de aquello, a los pocos meses, un accidente absurdo había acabado con su vida.

Su silencio había tenido un precio muy alto, ojalá que algún día pudieran perdonarle. Una lágrima resbaló por su mejilla, mientras echaba una última mirada para ver cómo sus hermanos iban alejándose hasta ser solo puntos en el horizonte.